不像样的魔法讲师与教典 ③

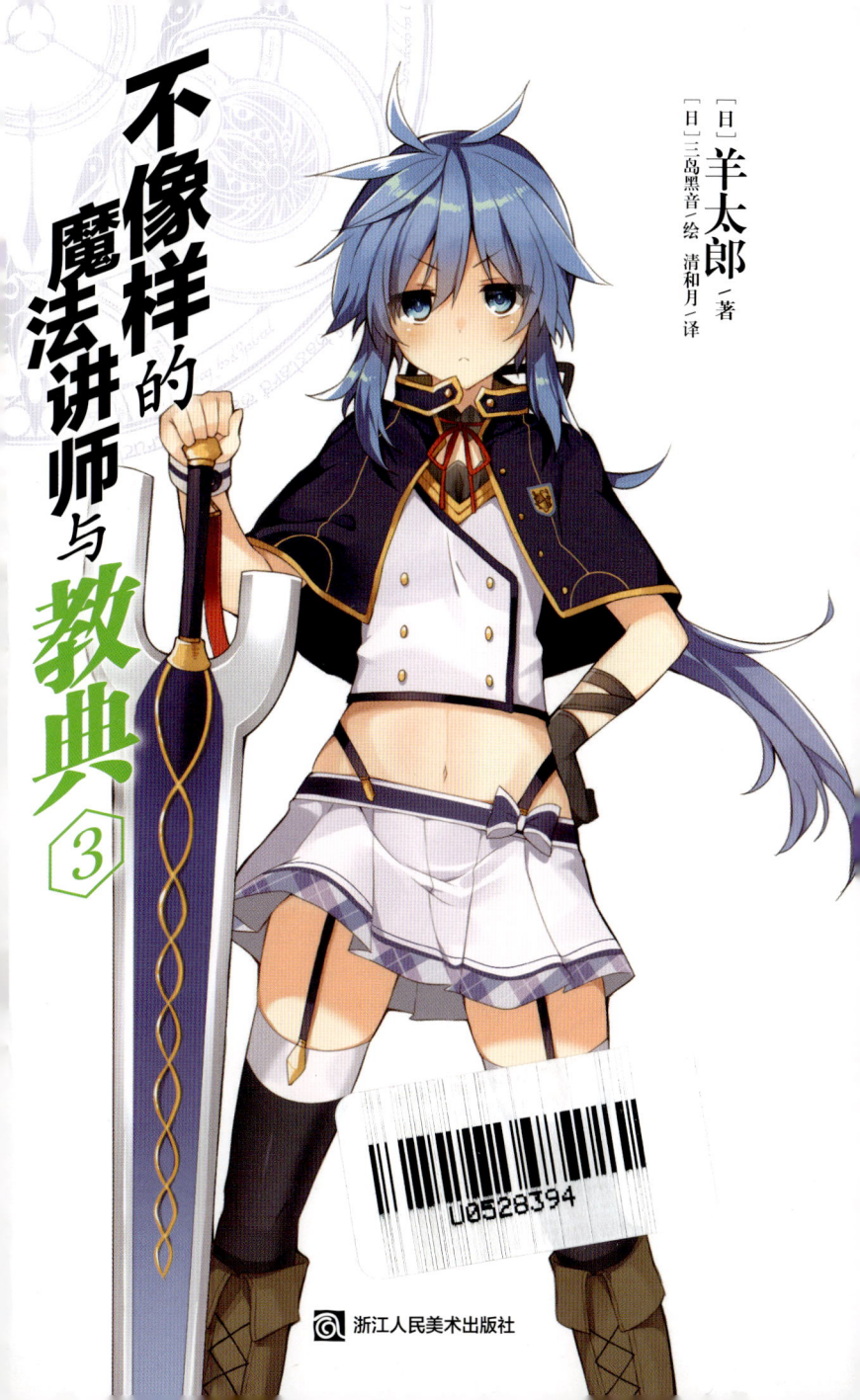

[日] 羊太郎 / 著
[日] 三岛黑音 / 绘　清和月 / 译

浙江人民美术出版社

希丝缇娜·菲伊贝鲁

自竞技祭之后，她时常担心露米娅，最近烦恼的则是莉耶尔那些荒唐的行为。

『呀啊——』

『真大胆！好热情啊！』

『可恶，老师啊……跟我去外面吧——(大哭)』

『走夜路时，你可要小心背后啊——(大哭)』

……这局面，好像真的是一发不可收拾了。

温蒂·拉布蕾丝

派头很大，有些强横的大小姐，却痴迷于班上的八卦消息。

格伦·勒达斯

尽管提高了班级的凝聚力，但从他平常的行为来看却完全不值得尊敬，是个令人感到遗憾的魔法讲师。

リィエル

『格伦是我的一切。我已经决定要为格伦而活。』

莉耶尔·雷福德

格伦的前同僚，作为露米娅的警卫进入学院就读，不过，缺乏常识的她却搅乱了整个班……

『来！一起游泳吧，莉耶尔？』

『水里很舒服哦！希丝缇和莉耶尔也下来吧！』

露米娅·汀洁尔

温柔的秀丽少女。平常不太看得出来，实际上身材很出众，在心怀邪念的男生中人气很高。

『莉耶尔！快离开那个男人！』

那相貌、动作、表情，果然，似曾相识。

那个答案……不知为何，突然就从心底深处像泡泡一样轻飘飘地浮上来了。

『……哥哥？难道……哥哥吗？』

『……救救我，莉耶尔。』

Akashic records of bastard magic
instructor

里扎夫·奥尔布里亚

不知是否家中富裕,是个以潇洒的花花公子之名而著称的男人。似乎和格伦有着某种关系……

目录

005 — 序　章 也就是说,我必须接受转学生

013 — 第一章 带来风暴的转学生

049 — 第二章 日渐混沌的日常

091 — 第三章 远征学习旅行,出发

129 — 第四章 开心一刻的开始与结束

164 — 第五章 莉耶尔

204 — 幕间I 泡沫之梦的终结时刻

208 — 后　记

不像样的魔法讲师与教典

Akashic records of bastard magic instructor

③

[日]羊太郎/著
[日]三岛黑音/绘　清和月/译

浙江人民美术出版社

教典司掌一切智慧，创造并掌握着世间万物。
因此，它才会让人类
走向毁灭——

《梅尔迦利乌斯的天空城》著者：罗兰·埃特里亚

Akashic records of bastard magic instructor

Character

Main

希丝缇娜·菲伊贝鲁

一本正经的优等生。继承身为伟大魔法师的祖父的梦想，为了实现那个梦想而献出自己的一腔热血。

格伦·勒达斯

讨厌魔法的魔法讲师。做事随便又没干劲，只是个三流魔法师，完全没有优点。但，他真正的样子却是……

露米娅·汀洁尔

温柔秀丽的少女。有着某个不能对人说的秘密，和挚友希丝缇娜一起努力地学习魔法。

莉耶尔·雷福德

格伦的前同僚。挥舞由炼金术高速炼成的大剑，在近身作战上有着无与伦比的强大，是个特色鲜明的魔导士。

阿尔贝特·佛雷萨

格伦的前同僚。从事于帝国宫廷魔导士团特务处。以神乎其技的魔法狙击为特色，是个技术高超的魔导士。

爱蕾诺雅·夏雷特

陪伴在艾丽西亚身边的侍女长兼秘书。背地里的身份却是天之智慧研究会送进帝国政府的密探。

瑟莉卡·阿尔弗涅亚

阿尔扎诺帝国魔法学院的教授。外表很年轻，是养大格伦的养母，也是他的魔法老师，是个有着重重谜团的女子。

Academy

温蒂·拉布蕾丝

格伦班上的女生。出身于在地方上有权威的名门贵族，是个派头很大，有些强横的大小姐。

琳·缇缇丝

格伦班上的女生。是个有些软弱的，像小动物一样的小个子少女，正处在为自己缺乏自信而烦恼的年纪。

吉布尔·威士顿

格伦班上的男生。虽然是仅次于希丝缇娜的优等生，但喜欢嘲讽人，很不合群。

卡修·温格

格伦班上的男生。是个拥有健壮体格的大块头，性格开朗，对格伦抱有善意。

塞西尔·克雷顿

格伦班上的男生。是个爱看书的稳重男生，集中力强，拥有魔法狙击的才能。

哈雷·阿斯托雷

帝国魔法学院的老师们。出身于魔法名门阿斯托雷家，对背离传统魔法师的格伦怀有攻击性。

Keyword

魔法
Magic

用被称为卢恩语的魔法语言组合成魔法式,以此引起许多超自然现象。
对这个世界的魔法师而言,这是"理所当然"的技术。
根据咏唱咒文的诗句、节数、速度和术者的精神状态,
可以自如地变化出各种情况。

教典
Bible

以天空之城为主题,作为面向儿童的童话故事在世界上广为流传。
但是,据说失传的最原始的《教典》里记载着有关这个世界的重大真相,
而不知为何,
追查这一谜团的人都遭遇到了不幸……

阿尔扎诺帝国魔法学院
Arzano Imperial Magic Academy

大约四百年前,在当时的女王艾丽米亚三世的倡导下,
帝国投入巨额费用所设立的专门培育魔法师的公立学校。
阿尔扎诺帝国得以在今日成为闻名大陆的魔导大国,
离不开学院的贡献。
同时,该校也作为能够不断学习到最尖端魔法的学府,闻名邻近诸国。
现在,帝国里有名的魔法师几乎都是这所学院的毕业生。

序章 也就是说，我必须接受转学生

"对不起，请原谅我！瑞克校长！瑟莉卡大人！"

阿尔扎诺帝国魔法学院的校长办公室里——

被叫过来的格伦刚一进房间，就来了个完美的猛虎落地式。

看到这一幕的瑟莉卡和瑞克校长都惊呆了。

"喂，格伦？你这是干什么，怎么突然就下跪？"

"出了一点小差错……真的只是一点点小差错而已！您二位会生气也是理所当然的！恳请你们宽恕，拜托拜托！"

瑟莉卡和瑞克相互看了看，都是一脸茫然。这时，他们面前的格伦庄严肃穆地告解起来：

"草药菜园里栽培的奇哈列特花，因为我弄错了魔法肥料的种类，全都枯萎了，真的是万分抱歉！"

看着非常惶恐的格伦，瑞克校长温和地说道：

"哈哈哈，格伦老师，你快起来吧。你误会了，今天我们叫你过来，并不是为了那个，是有别的事情找你谈。"

"啊，什么呀，原来是这样吗？啊哈哈，请不要吓我呀！"

格伦松了口气，站起身来。

"也是啊。那件事的证据我应该全都抹掉了才对，怎么会暴露出来呢？刚才我还觉得不可思议呢。啊哈哈！"

格伦爽朗地笑起来。

"呵呵呵呵，格伦教师还真是迷糊啊。"

校长也爽朗地笑起来。

"啊哈哈。"

"呵呵呵。"

他们两人相互对笑了一会儿……

"那么,格伦老师,你要减薪了。"

"呀啊——果然吗——"

听到校长清晰地下达裁决,格伦抱着头,发出惨叫。

"呜,可恶……再继续减薪的话,我不就要陷入给学院发薪的地步了吗……"

面对理所当然又残酷无情的现实,格伦潸然泪下。

"啊……要是把上个月在魔法竞技祭时和哈什么前辈打赌赢来的钱留下来就好了……我就不该为了摆阔而掏钱请学生们……哇啊!我真是个大笨蛋!"

"真是太不像样了……你就不觉得自己很可悲吗?"

格伦消沉地靠在墙边垂头丧气,瑟莉卡向他投以无奈的目光。

"说到底,你与其每一次都为减薪而哀叹,不如改善一下工作态度如何?虽说课是上得挺认真的,但你除了这点之外,其他方面也太不像样了。你也稍微有点身为魔法师的自觉吧……"

"哼……真啰唆。行了行了,我不听我不听。"

"或者应该说,既然要做,就要做得更加完美,达到绝对不会暴露出来的程度——就像我一样。你总是在最后关头掉以轻心。"

"承蒙教诲,不愧是我应当尊敬一生的伟大师父!"

格伦猛地抓住瑟莉卡的手,用钦佩和尊敬的目光看着她。

"我都雇了些什么人啊……"

一幕感人的师徒场景出现在眼前,瑞克校长却看向了窗外。

外面和往常一样,是洋溢着自然气息的学院庭园,还有铁

序章
也就是说，我必须接受转学生

栅栏外面那古意盎然的费吉特街道，以及远远浮在上空的海市蜃楼之城——雄伟的梅尔迦利乌斯天空城。

"话说回来，格伦老师，这次要和你说的，是关于转学生的事。"

"……转学生吗？"

"嗯。有一个从明天起转进这所学院的新学生，格伦老师的班能接收吗？"

"从明天起？这还真是突然……而且是在这种不上不下的时间里转进来，有古怪啊。"

"……不过，你也无权拒绝。"

校长把手里拿着的东西放在办公桌上推给格伦。

那是一个圆筒，盖子的封蜡已经开启了。格伦留意了一下，上面没有写地址。从包装所使用的高级皮革来看，发件人肯定没有通过邮政机关寄件，而是让值得信赖的人直接送到了学院来吧。

——而且，这个封蜡痕……不是帝国军所用的封蜡吗？

格伦打开盖子，从筒里取出一张卷好的羊皮纸，将其展开。那张羊皮纸上用细细的文字写着密密麻麻的要点，最末尾处还有一枚烫金的鹰纹图案。

"鹰的徽章？也就是说，这是女王陛下正式承认的帝国政府公文……而且设定的保密等级还非常高……呃，等一下！这个不是关于军方人事调动的最高机密文件吗？"

格伦惊讶地睁大眼睛，凝视着那张羊皮纸。

"嗯。简单来说，上面写的指示要点，就是这次的转学生指名要转进格伦老师你所负责的班级。这是女王陛下批准的，帝国政府直接下的指令。"

"……怎么会……"

在这种不寻常的时期里突然出现的转学生，还特意指定要转到自己班上。

"校长，这个转学生……"

"大概正如你所推测的那样吧。这个转学生，是被派遣到露米娅同学身边当警卫的帝国宫廷魔导士团的魔导士。如果警卫和她是同班同学的话，护卫工作也会更方便吧——政府和军方是这样判断的。"

"呃……"

露米娅·汀洁尔。

那是格伦班上的一名女学生，虽然在理论学习上很优秀，但除了白魔法之外，她在其他的魔法实践上并不是很拿手，因此综合成绩只处在中等。如果除去那美丽的外表，她也就是个没什么特别值得一提的平凡学生。

但实际上，她身上有着各种秘密。

首先，她继承了阿尔扎诺帝国王室的直系血脉，是出身高贵的王女。

其次，她在身为王女的同时，也是在这个世界里被人坚信为恶魔转世的"异能者"，因此，出于政治上的种种理由，她被剥夺了帝国王位的第二顺位继承权，还被驱逐出王室。

再次，不知为何，她被"天之智慧研究会"这个魔法结社——一个时常在暗地里活跃于历史当中，不断地和政府展开血之抗争的邪恶恐怖集团——给盯上了。

露米娅的"异能"是被称为"感应增幅者"的能力，能够令她接触到的对象所使用出来的魔法和魔力得到增幅强化。

那的确是种罕见又特别的能力。可是，"天之智慧研究会"

那样的魔法结社,现在应该也不需要那种能力才对。仅仅是强化魔法和魔力的话,以现在的魔导技术,也还有很多其他的方法吧。

那么,他们或许想以某种形式在政治上利用露米娅的前王女身份,但在之前的两次事件里,那个组织又不在乎露米娅的生死。由此看来,政治利用的可能性也非常低。

露米娅身上到底有着什么特点?"天之智慧研究会"究竟是为了什么目的才盯上露米娅的?谜团一直在加深。

不过,就算不知道对方的目的,帝国政府似乎也认为不能眼睁睁地把露米娅交给"天之智慧研究会"。如果露米娅落入那个组织的手里,肯定会发生大麻烦,这是毋庸置疑的。

但话又说回来,若是给身为前王女的露米娅太多特殊待遇的话,不管愿不愿意,各方面的目光都会集中到她身上,很可能会给国内外带来不必要的混乱。出生于神圣王室的"异能者",就像是一枚有可能破坏本国根基的炸弹。

在这种情况下,只能从帝国宫廷魔导士团里派遣精锐魔导士混进学院,贴身保护露米娅——事情就是这样吧。

"这还真是……能让人安心啊。"

格伦坦率地这么想。

他也曾是其中一员,所以十分清楚,帝国宫廷魔导士团是聚集了帝国最强级别魔导士的精锐部队。隶属其中的魔导士们都非常勇猛,能以一挡百,根本就是一个不同次元的怪物集团。自己这样的三流魔法师为什么也能混在当中,他至今依然感到不可思议。

自从明确知道露米娅被"天之智慧研究会"盯上以来,格伦每天都很在意露米娅身边的情况。而在得知会从宫廷魔导士团派遣警卫来时,他也就能卸下肩上的重担了,所以此刻有种非常轻快的心情。

"对格伦老师的班级来说,二年级的必修课之一——'远征学习'也近在眼前了。这次的转学生进了班,也能让格伦老师放心一些吧?"

的确正如瑞克所言,这样一来,格伦当然也就不能拒绝了。

"我明白了。我们班很乐意接收这位转学生。"

"哦,这样啊,这样就好了。"

听到格伦的回答,瑞克满意地点点头。

"对了对了,转学生的详细情况都记在这份文件上,给你参考一下。"

"明白。呃……"

格伦把手边的文件大略地看了一遍。

——从帝国宫廷派遣魔导士……话是这么说,但这也算是特殊任务了,被派遣来的大概是特务分室的家伙吧。

帝国宫廷魔导士团象征着帝国军里魔导战力的主力。在那当中,也有专门处理和魔法有关的案件、事件的高保密性特殊部队——也就是格伦过去所隶属的,被称为"特务分室"的部门。

——那么,擅长护卫任务的魔法,在年纪上假扮转学生也不会让人怀疑的……"法皇"克里斯托夫吗?如果是那家伙过来的话,我也能稍微……

格伦一边坚信着作为转学生派遣过来的候补人物,一边浏览文件。

莉耶尔·雷福德。

在转学生姓名的项目栏里,他看到了这个名字。

序章
也就是说，我必须接受转学生

"……哎呀呀。"

格伦以夸张的动作将视线从文件上移开，用力擦了擦眼睛。

"啊啊……我好像是太累了……竟然像是看到了最不可能出现的名字……"

他再看了一次。

莉耶尔·雷福德。

果然，那上面就是写着这个名字。

"糟糕……我好像真的产生幻觉了。或者是我的眼睛有了严重的疾病……要不然就是我疯了？"

格伦又看了一次。

莉耶尔·雷福德。

"……喂喂，冷静，冷静下来。莉耶尔？那个'战车'莉耶尔？这怎么可能！那个大脑失控的野猪女人，天然破坏神，让人发寒的斩杀天使，以绝对优势占据'不想一起做任务的同事排行榜'万年第一名的莉耶尔？公认的最能破坏联合作战之人，被各个军部集团以'订立作战计划根本没有意义，因为有她在'这种话来打包票的那个莉耶尔？"

格伦一边滴着汗，一边缩起肩膀。

"哈哈，这玩笑可真棒。警卫其实是个相当细致的任务吧？这种需要具备很强的情况判断能力的特殊任务，竟然把莉耶尔给派来了？这怎么可能啊，啊哈哈！特务分室总不至于蠢成这样，也不至于这么缺人吧……"

格伦再次瞥了一眼，然后眯起眼睛，小心翼翼又慎重地一字一字确认。

莉耶尔·雷福德。

不管怎么看，也不管看多少次，都是念作莉耶尔·雷福德

011

的文字列。

格伦还怀疑这是不是某种字谜，但就算把拼写拆开再组合，也得不出任何其他的结果。他又想到了隐形墨水，可即使放在油灯的火上烤，纸面上也没有发生任何变化。

"……"

格伦沉默了几秒钟，定定地盯着写在羊皮纸上的名字看……

他不得不面对这个无可动摇的，无情又残酷的现实。

"给我等一下啊——"

校长室里回响起了格伦的叫喊声……

第一章 带来风暴的转学生

……我的记忆里有一片白色。

仿佛烙印在视网膜上的白色——那个时候的事,我至今记忆犹新。

就像是住在极北冰海里的鱼,被慢慢地埋葬于冰棺当中一般。

那一天,那个时候——我的心,我的身体,都在缓慢地走向死亡。

"呼……呼……呼……"

在记忆当中,那里零散地生长着针叶树,就像是某处的树林。

我能回想起来的,只有寒冷。那里充满了连气息都能冻结的刺骨寒气。寒冷的肌肤像是麻痹了一样,仿佛连骨头都要被冰住。那是个否定一切生命的冰点之下的世界。

让我印象深刻的,就是白色。洁净的纯白。树梢也好,树下的草丛也好,地面也好,都被晃花眼的白色雪花所妆点,形成冷酷又美丽的银白世界。

"嗖嗖"地飞舞下落的雪花,给我的视野带来细微的白色噪点,令我的世界渐渐染上白色和冰冷。

"……呼……呼……呼……"

我一边推开几近没至膝盖的柔软积雪,一边漫无目的地走着。

一步,又一步。慢慢地,慢慢地。

我拖着灌了铅一般的沉重身体行走，甚至没有余力去拨开堆在头顶和肩膀上的雪。

在一整片无瑕的纯白雪原上，我一边画出肮脏的血色，一边走着。

我的身体里不断地涌出鲜血。

给白色世界妆点上鲜明浓烈的红色的同时，我的生命也像沙漏里的沙子一般流逝。

"咳……呼……呼……啊……"

刺耳的寂静笼罩着天地，只有我踩雪的声音和灼热的喘气声在回响，但很快就消逝在深雪的静谧里，被抽走热度的气息也消散了。

手脚已经失去了知觉，我甚至几乎感觉不到身上那些深深的伤口所带来的痛楚。

我深刻地感觉到，自己的生命即将燃烧殆尽。

说起来——

为什么，我要这样垂死挣扎呢？

为什么，明知自己很快就会死去，我还要推开积雪一直走下去呢？

"咳咳……我明明……已经……什么都……没有了……"

对，我什么都没有了。活下去的理由也好，活下去的目的也罢，就连活下去的资格也没了。

我是某个魔法结社的"清扫人"——说得明白点，就是杀手。组织抓了我的哥哥当人质，保证哥哥能活命的条件，就是我要听从组织的命令，作为"清扫人"不断地杀害与组织为敌的人。

对于没有其他亲属的我来说，温柔的哥哥是我唯一的血亲，也是我的一切。

第一章
带来风暴的转学生

只要是为了哥哥，不管这双手沾上多少鲜血，我也——

……

……但是，曾是我的全部的哥哥，他死了。被□□□□杀死了。

哥哥已经不在了。

那么，为了哥哥而不断杀人的我是不是也该消失了？

为了哥哥而愿意不断地让双手沾上血污的我，是不是不该活下去？

可是，脚步却停不下来。明知道是向着无法避免的死亡而去，明知道没有用，却在心里期待着某种奇迹，脚也不断地走着。

啊，这是多么自欺欺人，多么伪善。

结果，说什么是为了哥哥……我也只是在放纵自己而已。只是用哥哥当借口，不断地为罪孽深重的自己进行辩解而已。

对我这样的伪善者，神是不可能赐予奇迹的……

"……呃……啊……"

回过神来时，我已经倒在冰冷的雪地上了，身体完全使不上劲。

就算想爬起来，手也只能笨拙地划着雪而已，我的身体已经不听使唤了。

……到极限了。

最初是□□□□造成的致命伤，之后又好几次和组织的追杀者交手，直到逃到这里为止，我的身体上已经刻下了数不清的伤痕。甚至可以说，我竟然能够行动到现在，这一点才像是奇迹的馈赠。

现在，我倒在冰冷的雪地上，死亡正快步向我走来。

热量，正在从身体里流走。

生命，在快速地从身体里流逝，在雪原上开出更浓厚的血花。

"啊……啊……我……我……"

我勉强翻过身仰躺，伸出左手……

像是要抓住天空一般，无意识地，无意义地……

我颤抖的左手手腕上戴着一个手镯。我已经忘了那是在何时何地得到它的，这是哥哥给我的，和哥哥那个是一对的。

"□□□□，总有一天，我们会一起逃出组织……然后两人一起平静地生活吧。"

突然，哥哥那令人怀念的话在我的脑海里响起。事到如今，那已经成了浅淡又遥远的虚幻之梦。

"……救救……我……哥……哥……我……"

涌出来的泪水扭曲了我的视野。就在这时——

"在那里的是什么人？"

"……咦？"

突然，"嘎吱嘎吱"的踩雪快跑声向我接近。

没过多久，一个男人就从树林深处现了身。

"……啊！你是……"

发现并一脸惊愕地低头看着我的这个人，是一个高高瘦瘦、黑发黑瞳、身穿黑色外套的男人。他应该比我大几岁，正举起右手的左轮手枪指向我。

但是，我顾不上这些，只是死死地盯着那个人看。

那样子……那身形……我总觉得很像某个人。

"……哥……哥？"

不对。虽然很相似，但不对。而且，哥哥已经死了。

"……抱歉，你很难受吧。"

第一章
带来风暴的转学生

很像哥哥的男人检查过我的情况后就放下了枪,向我道歉。

"至少,我要是能早点来的话……"

沉默了一会之后,那个人突然对我问道:

"喂,你……叫什么名字?"

"我……我的名字是……□□□□□□□□□□□□□□
□□□□□□□□□□□□□□□□□□□□□□□□□□□
□□□□□□□□□□□□□□□□□□□□□□□□□□□
□□□□□□□□□□□□□□"

□□□□□□□□□□□□□□□□□□□□□□□□□
□□□□□□□□□□□□□□你捡了个麻烦的东西回来啊,
格伦。这个女人是天之智慧研究会在'□·□□□'□□的那
个□□□□吧?……你可真是做了件蠢事。"

突然,我的意识苏醒了。

"没、没办法吧……那家伙拜托我了嘛……"

"你也没道理要听从那种请求吧?"

"话是这么说……可是……那家伙……"

"哼,又是你以往常说的那个'正义的魔法使'游戏吗?
你这家伙,还是这么无可救药。"

我睁开了眼睛。雪的景色已经消失无踪,也不冷了,好温暖。

这里好像是某个房间,干净、纯白,飘着消毒水的气味。

我躺在白色的床上……还活着。

床边有两个男人。其中一个是我在雪之世界里遇到的那个人,还有一个我不认识。

"哦,睡美人终于醒过来了。喂,阿尔贝特,你要说教也等下次吧。"

"哼……随你高兴吧。这次我可真不再理你了。"

"哈哈，算上这句，你都已经说了十回不再理我了。阿尔你可真傲娇……呃，对不起，请你把指着我眉间的那根指头放下来，也不要用那种看垃圾一样的眼神瞪我，真的很可怕啊。"

"……哼。"

那个我不认识的人很不高兴般地哼了一声，离开了房间。

接着，就在这一瞬间，我在雪世界里遇到的那个人立刻抛开了刚才那副嬉皮笑脸的样子。

"……可恶。"

他骂了一句，又郁闷地叹了口气，像是很难受一般，连脸都扭曲了。

"……平等地拯救所有人……故事书里的'正义的魔法使'……我知道……那种人，就是编造出来的……但是，我……"

"……"

终于，他察觉到了我一直在看他。

那个人有些尴尬地挠着头叹气，低头看向我。

"哟，又见面了。不对……应该是说，初次见面？在这种情况下。"

"是你……在那个雪之世界里……救了我吗？"

为什么呢？在这一瞬间，他脸上露出了郁闷之色。不仅如此，还有像是想隐藏内疚的表情……果然，我还是觉得他在某些地方带有哥哥的影子。

"啊……"

突然，我感觉左腕上有些不对劲。

我把左臂从盖在身上的毛毯里抽出来，定定地看着手腕。

"怎么了？"

"不见了……手镯……我的手镯……"

"抱歉。那个东西……那个……"

那个人不由得在一瞬间含糊其辞。

"……对了,是被没收了。它现在被我们帝国宫廷魔导士团接管了。"

"……不会……还给我了吗?"

"是啊。详情我也不能多说……抱歉,你就放弃吧。"

听到这话,我产生了一股失落感,仿佛身体缺少了一部分。那个手镯是哥哥给我的。在我痛苦的时候,难受的时候,它能够让我感觉到哥哥的存在——对我来说,它正是如此宝贵的东西。

"……对不起。"

那个人再次开口道歉。

初次遇见时也好,现在也好。

为什么,这个和哥哥相似的人总是对我道歉呢?

我只是定定地看着他。

"我叫格伦。"

他突然报上了名字。当然,是和哥哥不同的名字。

"你呢?能再告诉我一次吗?"

名字,我的名字。

我以前好像告诉过他我的名字。

但是,为什么呢?我感觉自己必须再报一次名字。

所以,我对这个自称格伦的人说出了自己的名字:

"莉耶尔……我的名字叫莉耶尔。"

"是……吗?叫莉耶尔啊。"

突然,那个人——格伦,把手放在我的头上,露出悲伤的笑容，说道：

"……请多指教啦，莉耶尔。"

这就是我和那个像哥哥的人——格伦，初次相遇的情形。

……

……

……一阵摇晃。

"小姑娘……喂，小姑娘，到了哦！"

我感觉到有声音从遥远的地方呼唤我。

"……嗯。"

在往昔中徘徊的零乱意识渐渐回到了现在。

"我明白您很累，不过，能先起来吗，小姑娘？"

我慢慢地睁开了眼睛。

这里是我所乘坐的驿站马车——小型的厢型马车车内。

在两个面对面的皮制座位的一侧上，我裹着毛毯蜷成一团，似乎是在半路上睡着了。

"……嗯？"

我快速起身，尽管有些疲惫感，不过心情倒是不坏。

"哎呀，起来啦。早上好啊，小姑娘。"

车门已经打开，驾驶这辆马车的车夫正站在外面。

"哎呀，从帝都奥尔兰多到这座学究都市费吉特距离遥远，一路辛苦了。"

一路上充当旅伴的车夫笑着伸出了手。

我默默地把手搭上去，在亲切的车夫的护卫下走下马车。

这个时间，马车外还飘着薄薄的朝雾。

周围还是一片昏暗。

第一章
带来风暴的转学生

　　位于费吉特城外的这处马车驿站附近自不必说，就连能够远远望见成排建筑物尖顶的费吉特城，也还在沉睡当中。

　　"小姑娘，你这身衣服……是阿尔扎诺帝国魔法学院的校服吧？你今后要在那里上学吗？"

　　车夫随口问道，取出堆在车内的旅行包递了过来。

　　我点了下头，接过行李。

　　"啊哈哈，要加油学习哟，小姑娘。"

　　车夫对我说着激励的话，再次坐上了赶车位。

　　"那么，感谢您今日使用了本社的驿站马车，期待您的再次光临。之后要好好吃饭啊，再见。"

　　车夫拉着帽子，开玩笑似的说起了客套话，然后就拉起缰绳，将马车赶向车站附近的马车小屋。

　　我呆呆地目送了他一会儿，然后将目光转向费吉特。

　　虽然前不久才来过这座城市，但不知为何，我有种好久没回来过的心情。

　　大概是因为格伦在这里吧。

　　"……"

　　我闭上眼睛。

　　脑海里浮现出在上次魔法竞技祭事件时见到的，阔别了一年的格伦的身影。

　　接着，心情变得有些兴奋，我自己也很清楚这一点。

　　这次的任务……尽管不太明白内容，不过，总之是可以待在格伦的身边了。

　　我觉得这真是一件好事。

　　一年前，格伦突然从我身边消失了。自那之后，我就一直很不安，心里时常莫名其妙地产生不快感。

021

不过，上次碰巧和格伦再会后，一直感觉到的不安和不快感就一口气飞走了——

又能暂时和格伦在一起了。

只是这么一想，浮躁的心就变得沉稳下来。

虽然不清楚原因，但我知道自己的心里满是舒畅。

"……嗯。"

真想早点见到他啊。

我睁开眼睛，开始向着费吉特的大街走去。

只是，我忘了带费吉特的市内地图，连上次来时记在脑子里的费吉特的城市结构也都忘光了。

……不过，总会有办法的吧……凭直觉走吧。

……

……

阿尔扎诺帝国魔法学院的学生，希丝缇娜·菲伊贝鲁，最近有了个小秘密。

对希丝缇娜来说，那是不太好对人说……不，是她不想对人说的秘密。

而今天，那秘密的时间又开始了。

"……嗯。"

黎明时分，昏暗的夜幕还没有完全褪去。

待在自己房间里的希丝缇娜，在床上猛地睁开了眼睛。

她是个很能早起的人，是那种只要睡觉前下决心明天要早起，就会自然地早早醒来的类型。现在这项特技对保守她的秘密起了很大作用。

刚起床的希丝缇娜，晃着还有些迷糊的脑袋，缓缓地环视

第一章
带来风暴的转学生

四周。这是个在构造上高贵又有趣的房间,但家具的种类却没有多少。房间内最显眼的,就是塞满了魔法和考古相关书籍的大书架,其他还有椅子、桌子、暖炉等,全是些实用的东西。有着这些摆设,实在不适合作为妙龄少女的房间,和露米娅的房间——就在走廊对面,是非常有少女风格的房间——有很大不同。

希丝缇娜的双亲是在魔导省工作的高级官员,她所住的菲伊贝鲁宅邸有半个世纪的历史,兼具风采和威严,是一座宏伟的贵族大宅。

插句题外话,希丝缇娜的双亲因为工作的关系,时常在帝都出差,家里多数时候都是空荡荡的。因此,现在基本上只有希丝缇娜和露米娅两人住在这里,而这座宽敞大宅的维护、管理、警卫、家务等,都是由被召唤来的妖精们出力帮忙。

"⋯⋯呼。"

希丝缇娜轻轻地从床上下来,走向衣柜,开始快速地更换着装。她脱下睡觉时穿的丝绸睡袍,穿上方便行动的衣服,套上外套,给左手戴上平常用的手套。

做好准备的希丝缇娜打开房门,走了出去。

对面是露米娅的房间。露米娅大概还在睡梦当中,什么事都不知道吧,她早上特别难起床,很少会醒。

"⋯⋯对不起。"

和平常一样,希丝缇娜隔着门小声道了歉,悄悄地离开了大宅。

在天色还昏暗的时候,希丝缇娜悄悄离开菲伊贝鲁宅邸,和平常一样向着约定的地方快步走去。

她的目的地是分布在费吉特各处的其中一座自然公园。那座自然公园位于北区学生街，是北区的居民们在白天享受森林浴和散步休憩的地方。

只是，现在还没天亮，公园里一个人影都没有，空荡荡的。仿佛要打破这一片寂静般，希丝缇娜在落叶铺成的地毯上踩出沙沙声响，穿过稀疏的林木，走到那个地方。

秘密的会合地点，是在一棵特别高大的山毛榉下。

那里已经有人在等着了。

"……今天来得晚了点啊，真不像你的作风。"

等待的人——格伦，有点不高兴地对希丝缇娜说道。

"呜……那个，对不起……昨晚睡觉的时候……一想到今天要和老师见面，呃……就禁不住有点紧张，睡不着了……"

希丝缇娜脸上微红，尴尬地移开了视线。

"……哈哈，这是在期待吗？真意外。"

"笨、笨蛋！才、才不是那样……"

看到格伦浮现出一脸坏笑，希丝缇娜慌忙否认，只是那语气实在是无力。

"不过，你也是个坏小孩啊，白猫。你父母要是知道了，会哭的哦。"

"那、那种事……也是没办法的嘛……我……那个……"

"算了，无所谓。真遗憾，这里没人在，但也可以不用顾忌旁人了。赶快开始吧。"

等得不耐烦的格伦向希丝缇娜逼近。

"……等、等一下……我……还没做好心理准备……"

希丝缇娜像是要逃离格伦般向后退。

不过，她大概不是真的想逃吧，动作幅度很小，也很缓慢。

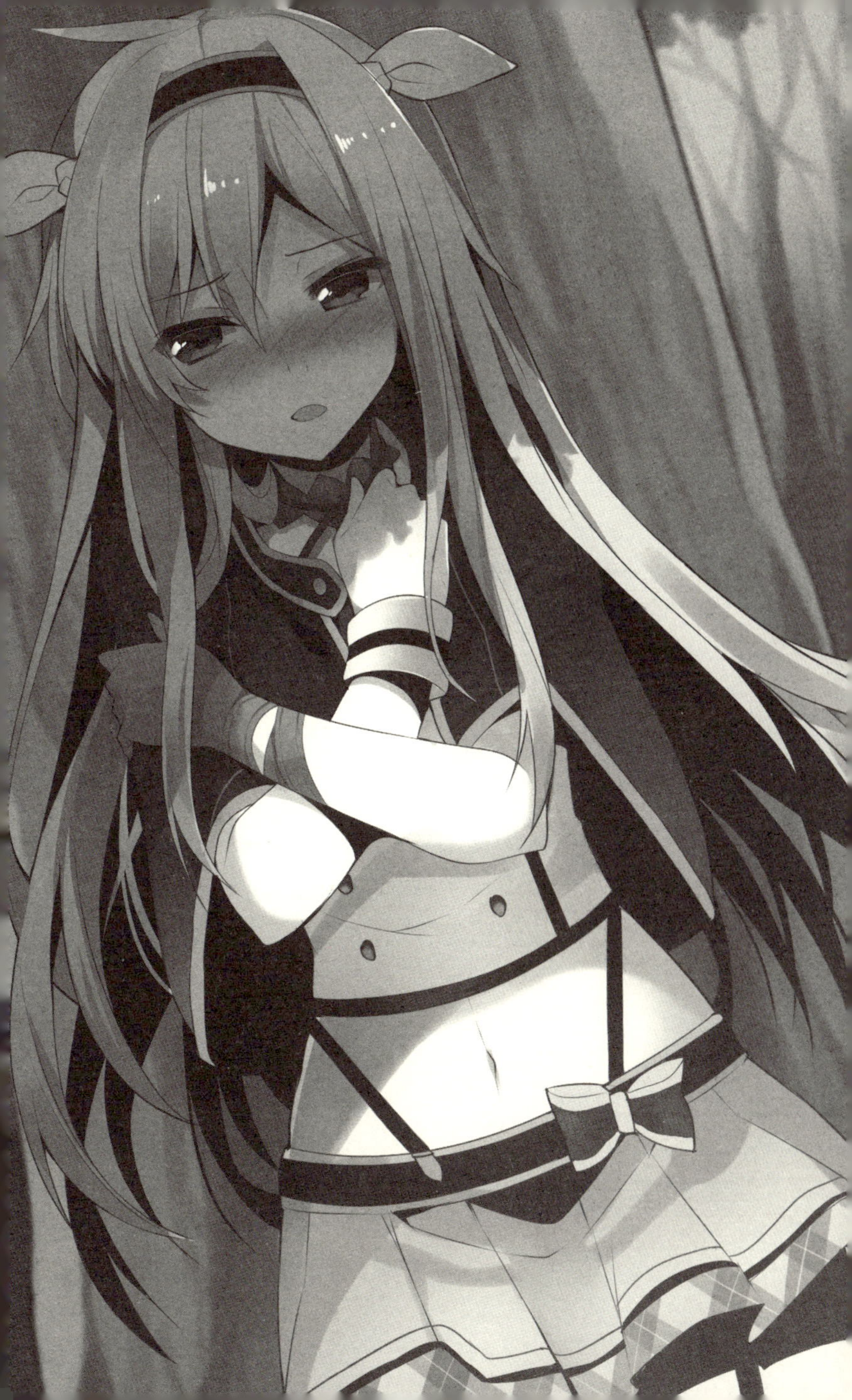

"抱歉啊,我这人比较没耐心。"

格伦渐渐靠近。

再靠近……

"啊……"

终于,希丝缇娜死了心,停下了脚步。

她抱住紧张得颤抖的肩膀,低着头小声说道:

"请你……温柔一点……"

"这我可无法保证。"

格伦露出残暴的笑容。

"怎么说呢,你很有让人欺负的价值啊。"

"呜……你这个魔鬼……"

接着——

在没有旁人,只有他们两人的世界里,那件不能告诉别人的秘密之事,今天也开始了。

……

……经过了多久的时间呢?

"呼……呼……呼……"

昏暗的天空终于开始泛白。

希丝缇娜精疲力竭地躺在落叶铺成的地毯上。

她的脸上一片通红,全身都挂着汗珠。眼睛大概失去了焦点,显得有些空洞,带着热气的痛苦喘息不断地从纤细的喉咙深处呼出来。

"对不起……饶了我吧,老师……我……已经……不行了……"

希丝缇娜如同说梦话般嘀咕着。格伦一边系好胸前松掉的

领巾,一边无奈地低头看着她:

"什么啊,真没用。不过,像你这样娇生惯养的大小姐,也的确没机会做这种事吧。还没习惯之前,是会这样的。"

"……习、习惯……这种事,也能习惯吗?"

勉强爬起身的希丝缇娜睁着润湿的眼睛,抬头看着格伦。

她的头脑深处麻痹似的迷糊着,视野仿佛笼罩上一层雾气,无法好好思考。身体酸痛,腰已经直不起来,因为剧烈运动而疲劳的四肢就像轻飘飘地浮在空中一般。

以后还会经常做这种事情吧,希丝缇娜无论如何都不觉得自己能习惯。

"嗯,能习惯的。实际上,比起刚开始的时候,你已经做得好多了。"

"什么好多了……我就是一直在被你耍而已吧……"

"笨蛋。想捉弄我,你还早了一百年。"

"……你真是经验丰富。"

希丝缇娜露出像是不高兴的表情,瞪着格伦。

"好了,身体冷下来会着凉的。你姑且也是女孩子,自己要注意啊。"

"……啊。"

格伦把长袍外套披在希丝缇娜的肩上。

面对格伦这种偶尔展现出来的温柔,希丝缇娜完全抵抗不了。真是被他玩弄于股掌之间啊——希丝缇娜强烈地如此感觉。

——嗯……有老师的味道……

被长袍包裹的希丝缇娜带着微妙的羞耻感,继续等待呼吸平稳下来。

她虽然累,但感觉很舒服。清晨的冰冷空气非常清新。

希丝缇娜都萌生出了想就这样一直沉浸于余韵当中的心情。

但是——

"喂，老师……我之前就觉得奇怪了……"

这一点她无论如何都无法理解，希丝缇娜站起来问道：

"我明明说的是让你教我魔法战……可为什么我们一直在做拳击训练？"

"嗯，我也觉得你差不多该这样吐槽了。"

对，魔法战的清晨特别训练。

这就是两人之间最近开始有的秘密。

希丝缇娜是少数知道露米娅情况的人之一。可是，现在的希丝缇娜并没有像格伦那样的保护露米娅的力量。尽管她的魔法天分很高，但对于守护他人的战斗而言，希丝缇娜在各种意义上来说都还很不成熟。

因此，为了能在紧要关头保护露米娅，希丝缇娜请求格伦教自己魔法战的入门技巧。

一开始，就算希丝缇娜提出请求，格伦也没有答应。

不过，在希丝缇娜不断地热诚恳求下，格伦最终还是屈服了，开始在清晨对希丝缇娜进行一对一的指导。

但……从那天开始，说到他们在清晨训练时所做的事，就全是拳击对打。

格伦先是教了希丝缇娜简单的拳击技巧和形式，然后为了不伤到彼此，两人都戴上拳击用的皮制手套，在"格伦攻击希丝缇娜时是点到为止，希丝缇娜攻击格伦时要拼尽全力"这样的规则下，每天都不断地进行拳击对打。

不过，希丝缇娜连一拳都没能擦到格伦，而格伦的拳头则是"砰砰砰砰"地反复击中希丝缇娜。

平常格伦没干劲的时候,希丝缇娜的拳头和飞踢明明都能很轻易地击中他,可一旦格伦有了"那种意思"并摆出拳击的架势,希丝缇娜的攻击就完全打不中了,真是不可思议。面对格伦那轻快的步伐,她只能不断重复挥拳、落空。

最终,希丝缇娜力气耗尽,瘫倒在地上,每天都是如此。大概是因为不习惯拳击的动作,最近她肩膀和腰上的肌肉都非常酸痛。

当然,希丝缇娜本来就打算从基础训练开始做起。但她一直以为会是提高魔力的训练,学习新的咒文、缩短咒文的练习之类的。

结果真正开始之后,竟然是这种训练,这让她无法认同。

"都是一样的。拳击也好魔法战也好,根基部分都相同。"

只是,在希丝缇娜表示不满前,格伦抢先开了口:

"用拳头打中对手有几种模式,你知道吗?速度比对手快,抓住对手的破绽;用假动作迷惑对手使其露出破绽;盯准对手动作的开始和结束,根据对手的攻击进行反击,等等。你看,和魔法战一模一样吧?"

"这个嘛……或许是吧。"

"魔法战可以说比拳击要更复杂、更难。不管怎么说,拳击练习能让身体具备魔法战的基础,还能磨炼对攻防的感觉。"

真的有效果吗?用拳击来做魔法训练,真是闻所未闻。

"以人类为对手的话,其实剑术或是其他什么的都行,不过……总之,我擅长拳击。"

"嗯……总有种被骗的感觉……又像是你在趁这个机会,报复我平日里对你说教……"

"当然，也有你说的那个原因。"

"还真有啊！"

希丝缇娜就像叼毛的猫一样揪住格伦这点不放。

"哎呀，别生气，别生气。要提升魔法战中发现攻防时机的感觉敏锐度，拳击训练的确是有用的，这可是瑟莉卡亲传的方法。我小时候也经常这样训练。"

格伦微微抬头望着天空，摆出一副怀念过往般的样子。

从他那张平常不会显露出来的温和侧脸上，看起来完全不像是在说谎。

"嗯……"

尽管希丝缇娜还是无法认同，但在这件事上她已经打算跟随格伦的脚步。那么，也就只能默默接受格伦的训练方法了。

"可是……你这样练真的没关系吗？名门千金小姐，竟然做这么野蛮的事。虽说在贵族和绅士之间，拳击也算是和剑术并列的嗜好……"

"这一点我都说了好多次了，没关系。我不想再像上次那样……在紧要关头……我却无法守护露米娅。"

"嗯，也是啊。不过，为什么是我？你不是讨厌我吗？以你的人脉，想找好师父的话，不管学院内外，都可以找到很多吧。"

"那……那个是……那个……"

希丝缇娜不由得支支吾吾起来。她的确是想保护露米娅，也的确是想为了露米娅而变强，那些想法是千真万确的，所以才带着这种想法低头拜托格伦。但，会选择格伦……又是为什么呢？

的确，格伦作为魔法师只是三流的，但……他作为魔导士

第一章
带来风暴的转学生

却是一流的。从请教战斗方法上来说，他是无可挑剔的对象。不过，就只是因为这个吗？

"算了算了，你都特意对自己讨厌的我低头了，说明你非常重视露米娅。而且，找个知道露米娅情况的家伙，说起话来也方便。"

"对、对啊！没错，就是这样！要是找老师之外的人，要解释起来也麻烦！"

尽管自己这样说，希丝缇娜还是感到了一丝不对劲。说起来，在格伦说出自己讨厌他时，不知为何，希丝缇娜的胸口就阵阵抽痛。

而且，明明是为了露米娅的训练，自己又为什么会对露米娅有着内疚感呢？明明应该是问心无愧才对。

这种不对劲和疼痛到底是源于什么……希丝缇娜呆呆地独自沉思着。

"好了，目前就以拳击训练为中心，锻炼你的体力和直觉。等达到某个程度之后，我再教你军用魔法及其使用方法。"

"军、军用……魔法。"

听到格伦的话，希丝缇娜感到背上一阵发凉，同时抽了口气。

军用魔法正如其名，是战场上使用的强力咒文——纯粹是以杀伤为目的的魔法，威力和学院里学到的泛用魔法有着悬殊的差别。希丝缇娜以前曾经目睹过军用魔法，不过……就算是现在回想起来，她都还会为那种凶狠性而颤抖。

"害怕吗？可是，如果你真的想在'紧要关头'保护露米娅……那种'力量'还是必不可少的，这就容不得天真的想法。在你来拜托我教给你战斗方法的那天，我觉得你是真心地爱护露米娅，这才答应下来。而你会因为听到军用魔法而感到害怕的话……我相信你不会受到魔法黑暗面的影响，能够正确地使用那种'力量'。"

"老、老师……"

"不过，需要你使用那种'力量'的'危急关头'……那种时刻还是不要到来为好。"

格伦现在背对着希丝缇娜，他现在是什么表情，希丝缇娜不知道。

不过，希丝缇娜现在对他的背影所抱有的感情——毫无疑问是敬意。

"今后……也请多多指导和鞭策我，老师。"

希丝缇娜挺直后背，自然地向着格伦的背影低下了头。

清晨训练结束后，希丝缇娜悄悄地回到菲伊贝鲁宅邸。她在洗手间脱下汗湿的衣服，又走进和洗手间相连的浴室冲了个澡。贮水箱的水经过管道，经过煤燃烧加热后，从淋浴器里流出来，温度正好，希丝缇娜身上的疲劳也随着汗水一起冲走了。

沐浴完后，神清气爽的希丝缇娜穿上原先就准备好的学院校服，直接去了厨房。父母不在菲伊贝鲁宅邸时，因为露米娅很难早起，所以由希丝缇娜准备早餐；而晚上因为希丝缇娜要忙着学习魔法，就由露米娅准备晚餐——她们很自然地这样分工。现在，希丝缇娜和帮忙的妖精们一起迅速地准备好了早餐。

准备完早餐后，希丝缇娜回到房间，还要叫醒露米娅。

"喂，露米娅？已经七点多了哦，差不多该起床了——"

"……嗯，嗯？"

随后，希丝缇娜和睡眼惺忪的露米娅一起吃完早餐，做好上学的准备。

这一天，两人在八点前走出了菲伊贝鲁宅邸。大致上都和平常一样。

今天，两人也是一边闲聊着，一边亲密地向学院走去。

若是以前，在抵达学院之前都是只有露米娅和希丝缇娜两人同行，但现在……

"啊，老师！早上好！"

"……嗯。今天也刷新了连续不迟到的记录啊。"

在前面的十字路口上，一个熟悉的人在等着。

是格伦。

"……早上好，两位。"

两人走近后，格伦摆着一张仿佛在说"我很困"的脸向她们打招呼。

"啊哈哈，老师也真是的……你不用那么在意我，早上可以多睡一会儿啊。"

"……没什么，反正我也喜欢早上散步。只是碰巧和你们上学同路，又碰巧撞到你们的上学时间而已。"

格伦跟在并排走的露米娅和希丝缇娜身后，开始和两人一起走。

自从明确了露米娅真的被"天之智慧研究会"盯上之后，格伦就尽可能地在露米娅上学和放学的路上保护她。

可是，格伦是讲师，露米娅是学生。在学院里那些不知道内情的讲师和学生们看来，格伦这就是在过多地干涉露米娅。因此，"跟踪狂""对学生不怀好意的垃圾讲师"等轻率的中伤之语也跟着漫天飞。格伦原本就是那种喜欢他的人会很喜欢，讨厌他的人会讨厌到底的类型，对厌恶格伦的那些人来说，这就成了一个绝佳的攻击点。

而且，露米娅的气量也特别大，和虽是美人却性格尖锐的希丝缇娜不同，她是个举止温和，会温柔地平等对待所有人的少女。因此，露米娅在学院的男学生当中人气非常高。而这样的露米娅却对格伦的过多干涉并不在意，更是加剧了一些人对格伦的嫉妒。

格伦所带的二班学生们被他救过，因为很清楚格伦的为人，所以知道事情并不是那样，但没料到学院里的许多男学生都非常敌视格伦。

不过，那些诽谤中伤和恶意，都没什么大不了的。

格伦没有说过一句辩解和反驳，就只是平淡地继续做着他觉得自己应该去做的事。对他的那种厚脸皮，那种坚持，那种为信仰殉道的圣者般的一心一意，露米娅也好，在旁边看着的希丝缇娜也好，都不得不坦率地表达出敬意。

因为自己的缘故而让格伦受到那么多人的非难，尽管露米娅为此而痛苦，但她也不会去对格伦说"请不要这样做了"这种话，因为那是蔑视格伦信念的行为。

"那么，今天也请多多关照。谢谢你一直以来的照顾，老师。"

所以，露米娅只是像平常一样，诚恳地表达了自己的感谢。

"啊哈哈，你在说什么啊，我怎么听不懂。"

格伦也像平常那样装傻。

"啊，对了，老师。今天有转学生要来吧？"

"嗯，是啊。你们可要好好相处。"

"不过，还真是少见呢，在这种时候转进来……"

三人一边闲聊，一边去学校，一如既往。

但是——

第一章
带来风暴的转学生

这一天，有异物混了进来。

"……咦？"

希丝缇娜突然发现——

在通往学院正门的坡道下方，一个穿着学院校服的小个子少女背对他们站在那里。那个少女身上首先值得一提的，就是一头鲜艳的淡蓝色头发，远远望去也能一眼分辨出来。在帝国里，那是非常少有的发色，希丝缇娜不记得学院里有这种发色的学生。

——难道说，那女孩是转学生？而且还穿着校服……

希丝缇娜对少女做出了这样的推测。就在这时——

像是察觉到了这边的气息，蓝发少女立刻向这边转过身。

少女一边在嘴里嘀咕着什么，一边用手抓住石板，举了起来。

——咦？

希丝缇娜的意识停顿了。

少女高举的手中突然出现了十字架型的大剑。

手里抓着大剑的少女，的的确确是牢牢地盯着这边……

下一瞬间，少女挥舞着剑，往地上一蹬，冲了过来。

她笔直地向着这边，以仿佛压缩空间般的可怕速度冲过来。

面对这突发的事态，希丝缇娜的脑子里一片空白。

——难，难道，这女孩是……

青天白日就敢来袭击的家伙，希丝缇娜能想到的就只有一个。

充满谜团的魔法结社——天之智慧研究会。

那个少女是天之智慧研究会派来的刺客吗？

——不妙……露米娅……要保护露米娅才行……

035

希丝缇娜下定了决心。她就是为此才向格伦学习战斗方法的。

——我要……保护露米娅……

但是,希丝缇娜的身体却动不了。就像时间停止一般,完全动不了。

面对突然杀来的敌人,面对那个少女所挥舞的大剑的凶恶光芒……

希丝缇娜连一步都动弹不得。

"希丝缇!"

像是要护住动不了的希丝缇娜一样,露米娅上前一步。就在这一瞬间——

冲过来的蓝发少女特别用力地蹬踏地面,"咚"的一声高高跃到空中。

"……咦?"

少女直接从露米娅和希丝缇娜的头上大幅度地越过,跳向后方。

然后——

"呜哇啊——"

一声惨叫响起,希丝缇娜才终于回过神来,转向背后。

在那里的,是毫不犹豫地挥下大剑的少女,和在头上勉强成功空手接白刃的格伦。

"你、你、你这混蛋在干什么啊——你要杀了我吗?!"

格伦脸色发青,眼里含泪,一边被吓得全身颤抖,一边向自己挥剑的少女狂喊。

要说这是刺客袭击的话,情形似乎有些奇怪。

"……我好想你,格伦。"

挥剑的少女困倦地眯着眼，面无表情地低声说道。

"烦死了！回答我的问题，莉耶尔！你这到底是什么意思?!"

格伦一边叫，一边放开大剑，飞快地向后退。

"打招呼。"

"打招呼？你这家伙，去拿辞典词查一百万次'打招呼'这个词吧！"

少女动摇了，露出了很细微的不可思议的表情。

"……不对吗？"

"当然不对！"

"可是，阿尔贝特是这么说的。他说，对好久不见的战友打招呼时，就要这样。"

"哪有这种事啊？不过，原来是那家伙在搞鬼！可恶，阿尔贝特那家伙就这么恨我吗？给我记住了，混账！"

"……好痛。住手。"

格伦一边叫喊，一边把少女的头夹在胳膊下并揉乱她的头发。

这还真不像是与刺客战斗的气氛。

"呃……老师？这女孩是……"

露米娅露出含糊的笑，向格伦问道。

"咦？对了，这女孩，是上次魔法竞技祭时的……"

露米娅突然发现自己见过现在被格伦抓着的少女。

"嗯，是的，你还记得啊。对了，我和你们说过我以前是帝国军宫廷魔导士团的人吧？"

"不，我没听过……不过，总觉得是那样吧……我自己猜的……"

希丝缇娜不知道该怎么反应才好，只得干巴巴地回应。

"这样啊，也无所谓。然后，莉耶尔……这家伙是我当魔导士时的同事。露米娅见过她，白猫也见过这张脸吧？不过你见的是露米娅变身的那个。"

希丝缇娜冷静了下来，定定地看着蓝发少女——莉耶尔。

这么说来，她的确是见过。

"什……什么啊……不是刺客……太、太好了……"

一旦松懈下来，希丝缇娜就突然无力地跪在了原地，放心地松了口气。

"还有……我想你们也隐约感觉到了，这家伙就是传说中的转学生。起码表面上是。"

"……表面上吗？"

露米娅不解地歪过头。

"嗯。据说帝国政府决定正式保护露米娅，所以，姑且就把隶属帝国宫廷魔导士团的魔导士——这个家伙——给派过来了。"

"是这样啊……不过，这女孩竟然是魔导士……好厉害啊……"

希丝缇娜睁大了眼睛看着莉耶尔。说到帝国宫廷魔导士团，那可是汇聚了帝国最高级别魔异士的精锐集团。明明外表看起来和她们差不多年纪，莉耶尔却已经是那个集团的一员了。

这么一想，这个冷淡的小个子少女看上去就非常可靠了。

"莉耶尔……是吧？好久不见……可以这么说吧？"

露米娅立刻转向莉耶尔打招呼。

"我重新自我介绍一下好了。我叫露米娅，露米娅·汀洁尔。这个女孩是我的朋友希丝缇……希丝缇娜。有帝国宫廷魔导士团的人过来，真是让我们安心了不少。往后还请你多多关照。"

"……嗯，交给我吧。"

莉耶尔微微挺起胸膛，说话时还是那样面无表情。

"没问题，我会保护格伦的。"

"咦？"

"……啊？"

看到莉耶尔理所当然般地说着奇怪的话，露米娅和希丝缇娜都惊讶得僵住了。

"不是我啊——保护我干什么，你这白痴！"

格伦用双拳夹着莉耶尔的两侧太阳穴用力钻。

"好痛。住手。"

"我说啊——莉耶尔，你弄清楚自己的任务没有？你要保护的是这家伙！这个金发的可爱得不得了的露米娅！懂了吗？"

"……嗯？为什么？"

"什么为什么啊！你没看作战计划说明吗？"

"……我不是很明白。比起露米娅，我更想保护格伦。"

"闭嘴，烦死了！这种莫名其妙的要求怎么可能通过啊，白痴！"

格伦一边用力挠着头，一边哀叹着叫喊：

"话说回来，真是的，为什么偏偏就是莉耶尔啊？没错没错，不管怎么想这个人选都是重大错误！我可真是谢谢那帮家伙了。特务分室的那些人到底在想什么啊，都疯了吗?!"

在表情呆愣的露米娅和希丝缇娜眼前，格伦对着面无表情、一脸困倦的莉耶尔大喊大叫的场景一直在持续……

——真的……没问题吗？

就连露米娅都感到了一丝不安。

第一章
带来风暴的转学生

"就是这样……"

地点变了。

这里是阿尔扎诺帝国魔法学院,二年级二班的教室。

"她就是从今天开始成为你们新同学的莉耶尔·雷福德。总之,大家要好好相处啊。"

格伦将莉耶尔带到教室后,学生们就发出了"哇——"的欢呼声。班上的学生们——特别是男生——都因为站在讲台旁的新同学而兴奋了起来。

"哇……"

"……好、好可爱。"

"呜哇,好漂亮的头发……"

"真是个像人偶一样的女孩啊……"

人偶,用这个词来形容莉耶尔或许是最恰当的。

莉耶尔的年龄和这个班的学生们差不多,但是她长着一张和年龄不符的娃娃脸,个子又小,看上去显得年纪更小。发色是非常少见的淡蓝色,琉璃色的眼睛总是困倦地眯着,完全看不出其中的情感。而且,她的模样长得端庄秀丽,还没有一点多余的动作,那种像雕像一样的静谧氛围和人偶这个评价的确相称。

只不过,她本人对自己出众的容貌大概完全没兴趣吧。那头任其自由生长的头发根本就没梳过,只是用细绳在后颈处随便一绑,让它垂到背上。

可是,就算除开这个……

"莉耶尔真是个超级可爱的女孩……"

"说起来,这个班上的女生,整体水平也太高了吧……"

"决定了。我要从无派系转进莉耶尔派……凯,你怎么样?"

"嗯，也是啊，罗德……我也加入莉耶尔派吧……"

"哼……我的眼里只有温蒂大人！永远不会变！"

"那边的男生，你们吵死了！"

可以说是不出所料，看到新的转学生——而且还是容貌优于常人的少女，教室里以男学生们为中心，持续吵嚷了起来。

——哎呀呀，这样下去的话，就要一发不可收拾了……

格伦在内心叹息。

不过，他也不是不能理解那些骚动的家伙们的心情。如果就这么安静地站着，莉耶尔的确是个让人无法抱怨的美少女……不过，仅限于不说话的时候。这个年纪的男孩们，有这种表现也是正常。

"好了，总之……"

格伦把吵闹的学生们的注意力重新拉回来。

"你们也很在意新同学吧，就先让莉耶尔做个自我介绍好了。来，莉耶尔。"

教室里变得鸦雀无声，所有人的目光都集中在莉耶尔身上。

大家都等着倾听莉耶尔的话。

……原本应该是那样的。

"……"

……沉默。

明明被班上的学生们盯着，莉耶尔却还是那副困倦又面无表情的样子，没有一点动作，一直保持沉默。

慢慢地，教室里开始弥漫起尴尬的沉默。

"……喂。"

受不了那种尴尬格伦从旁边用手指戳了戳莉耶尔的头。

"你没听见吗？还是说，你是故意的？"

第一章
带来风暴的转学生

"……嗯?"

莉耶尔露出很轻微的不可思议的表情,瞥了格伦一眼。

"那个……拜托你了,能自我介绍一下吗?别再浪费时间了。"

"……为什么?介绍我自己来干什么?"

"别问那么多,听话照做就是!拜托了!在这种场合下,这就是规定啊惯例啊之类的事!"

"……这样啊,我明白了。"

莉耶尔微微点头,上前一步。

然后——

"……我是莉耶尔·雷福德。"

她低声说着,轻轻地低了下头。

"……"

……沉默。

"……喂,后面的呢?"

"……我说完了。"

又是几秒钟的沉默。

接着——

"你这不是只介绍了名字吗?而且,名字我一开始就介绍过了吧?你是在开玩笑吗?就算是处在青春期的'狂霸酷炫拽'的小鬼,也能认真做个自我介绍啊——"

格伦双手抓着莉耶尔的头前后摇晃起来。

班上的学生们都目瞪口呆地看着这一段莫名其妙的相声表演。

"不过,格伦,我不知道该说什么才好。"

"什么都可以,兴趣也好特技也好!总之就是让大家了解

一下你，你随便说点自己的事就行了！"

"……这样啊，我明白了。"

莉耶尔微微点头，再次上前一步。

"……我是莉耶尔·雷福德，隶属于作为帝国军一部分的帝国宫廷魔导士团下辖特务分室，军阶是从骑士长，代号为'战车'，这次的任务是……"

"哇啊——啊——"

格伦突然发出怪叫声，一把将莉耶尔夹在胳膊下，以飞快的速度冲出教室。

"呃，莉耶尔……刚才说了什么？"

"嗯，没怎么听清楚……好像是帝国军什么的？"

因为格伦的怪叫声，学生们似乎完全没听到莉耶尔说了什么。

学生们被扔在一边，教室外传来了格伦的怒吼声，在叫喊着"你这白痴""你在想什么啊"之类的。

然后，足足过了几分钟。

在教室外争吵过的两人终于回来了……

"……我将来的目标是加入帝国军，是为了学习魔法而来这所学院的。我来自……呃，伊特利亚地区？年龄大约是十五岁吧。兴趣……我记得是……看书。特技……呃，该说什么才好，格伦？"

"别问我。"

格伦的太阳穴抽动着，无奈地答道。

这种明显的敷衍态度令班上的学生们都哑口无言。

面对这种席卷全班的困惑气氛，格伦强硬地将其无视掉，继续往下说道：

第一章
带来风暴的转学生

"总之，这就是莉耶尔·雷福德同学了！啊哈哈，哎呀，她其实就是随处可见的相当普通的学生！你们可要和这位极其平凡、普通的，甚至应该说是太过普通的莉耶尔好好相处啊。那么，赶快开始今天的课程吧……"

"就一个问题，我可以问吗？"

学生中有一个人举起手。是个扎着双马尾的千金小姐，温蒂。

"我有一个关于莉耶尔的问题，可以问吗？"

"啊，莉耶尔经过长时间的旅行来到这里，应该累了。你累了吧？当然是累了。嗯。所以，这种事就下次再……"

格伦露出明显的不高兴表情，想要蒙混过去，但——

"……嗯，你随便问。"

"你啊！就不能稍微看下气氛吗？还是你和我有仇？"

听到莉耶尔一口答应下来，格伦挠着头仰望天花板。

"不介意的话，希望你能回答我。你刚才说自己来自伊特利亚地区，那你的家人呢？"

"！"

"……家人？"

听到这个问题，格伦微微瞪大眼，莉耶尔的眉毛也轻轻地跳动了一下。

"……我有过……一个哥哥。"

"哦，有哥哥啊。呵呵，是叫什么名字？现在在哪里？在做什么？"

温蒂的问题并没有什么出格之处。

关于家人的问题，通常也是在自我介绍时会问到的固定问题。

045

但，不知道为什么，莉耶尔却像是被这个问题打了个措手不及一样，全身都变得僵硬起来。

"哥哥的……名字是……"

莉耶尔微微皱着眉头，用手按着太阳穴，想要做出回答。

她动着微微颤抖的嘴唇，一脸迷茫地寻找措词。

"名字是……名字……名字……"

可不知为何，莉耶尔就是吞吞吐吐地不说名字。

皱着眉低着头的莉耶尔，看上去像是很痛苦。

"抱歉，就请大家避开有关家人的问题吧。"

格伦难得地露出了严肃的表情，插进话来。

"事实上，这家伙现在已经没有亲人了……大家就体谅一下吧？"

"咦？怎么会……不过，的确，她刚才说的不是'有'，而是'有过'……对、对不起啊，莉耶尔。我什么都不知道就乱问……我绝对没有别的意思……"

温蒂立刻惭愧地垂下目光，向莉耶尔道歉。

"……没事。没关系。"

莉耶尔低声回应。她那张面无表情的脸上，罕见地露出像是无法认同又像是迷惑不解般的表情。

"那、那么……"

一个勇者举起手，吹走了教室里带有些许沉重的气氛。是全班的大哥，卡修。

"莉耶尔和格伦老师是什么关系？你们是认识的吧，好像还很亲密。关于这一点，请一定要告诉我们啊！"

卡修的问题说出了现在班上所有人心里的疑问——尤其是男生。

"啊，对呀对呀，我也很在意！"

"果然是吧？这一点一定要好好回答哦？"

"从刚才开始，不管怎么看都不像是一般的认识……"

班上的人也都尽量跟着卡修的问题起哄。

教室里再次开始热闹起来。

"……我和格伦的关系？"

"……呜……这、这个嘛……"

该说什么才好？

没办法，虽然是不经考虑的固定说词，不过，就坚持说是"远亲"吧？

格伦因为一瞬间的犹豫而含糊了一下……

"格伦是我的一切。我下过决心要为格伦而活。"

在这一瞬间，格伦一下子就受了致命伤。

"喂——莉耶尔，你——"

然而，惊呆的格伦完全没来得及否定。

"呀啊——好大胆！真热情！"

"呜哇啊！我才刚刚一见钟情就已经失恋了——"

女生的尖叫和男生的惨叫使得教室里陷入一片混乱。

"禁忌的关系！老师和学生的禁忌关系啊！呀——呀——"

"……老师和学生在一起，这在伦理上是不是有点问题？"

"哈，你很行嘛，老师！"

"你、你在说什么啊，卡修同学！这可是个大问题！大问题啊——"

"可恶，老师啊……本来我还因为各种事情挺尊敬你的，但……我现在很生气啊……这真是很久没有过了……跟我出外面去吧——（大哭）"

"走夜路时，你可要小心背后啊——（大哭）"

女生们因为禁忌之恋而兴奋，优等生们将禁忌之恋视为问题，想要接近莉耶尔的男生们的抱怨声形成了漩涡。学生们纷纷展开想象的翅膀，胡乱猜测着格伦和莉耶尔之间的关系，一时间什么话都有人说，教室里发生了大骚乱。

然后——

"吵死了，格伦·勒达斯！你这家伙又引发了什么狂欢啊！是想妨碍我上课吗？你这混蛋，要妨碍我到什么程度啊——"

隔壁一班的讲师哈雷脸色大变地冲了进来。

……这局面，好像真的是一发不可收拾了。

"哇啊——真是的！为什么会变成这样啊——"

格伦那发至灵魂深处的呐喊响彻学院。

而在这一副凄惨的地狱图中，只有一个人——

"……嗯？"

只有莉耶尔露出不可思议的表情，呆呆地看着眼前的场景。

第二章 日渐混沌的日常

"啊，可恶……真是的，为什么我会遇到这种事……"

格伦凭借油嘴滑舌，总算是哄走了怒气冲冲跑过来要求决斗的哈什么前辈，又以三寸不烂之舌解开了有关自己和莉耶尔的关系的误会（他自认为是如此）。

没想到会被这一连串的骚乱浪费掉不少时间，今天的课程安排全都被打乱了。

格伦无奈之下只能更改原计划，在匆忙之间改上魔法实践课。

格伦希望能通过在外面一起活动而让班上的人更快地接受莉耶尔，这也是他经过考虑之后得到的结果。如果莉耶尔能和班上同学熟识的话，对保护露米娅的任务来说也更方便吧。

因此，格伦就带着班里的学生们来到了学院的魔法竞技场。

幸好，现在这个时间并没有其他班级在。

在这里可以尽情地施放魔法。

"'雷精的紫电'——"

宽广的竞技场上响起希丝缇娜咏唱咒文的凛然声音。

从她猛然伸向前方的左手指尖处，迸射出一道紫色电光。

希丝缇娜所放出来的闪电大约飞了二百米，向着放置在那里的青铜人笔直地逼近过去。

青铜人的头、胸、双脚、双手这六个地方设置有圆形靶子。

而希丝缇娜的闪电准确无比地射穿了青铜人头部的靶子，在靶子上漂亮地打出一个硬币大小的洞。

"太好了！"

希丝缇娜摆了个胜利的手势。

其他学生在旁边看到希丝缇娜的技术，纷纷发出感叹的声音。

"真厉害……不愧是希丝缇娜……"

"名门的千金小姐果然就是不一样……"

希丝缇娜承受着背后投来的赞赏视线，听着传过来的夸奖，走回了露米娅的身边。

"好厉害啊，希丝缇！六发全都打中靶子了！"

露米娅一脸高兴地迎接希丝缇娜，那表情看上去就像是自己成功了一样。

顺带一提，露米娅的成绩是六中三。打中的靶子是右手和胸口，还有一发偏离了原本瞄准的地方却碰巧打中了左脚。

"哟，干得不错嘛，白猫。在这个距离下六发全中，一般来说是很厉害了。"

格伦一边感慨，一边拿起手里的板子上记下结果。

在听到格伦夸奖的话时，希丝缇娜有一瞬间露出了高兴的闪亮表情，但很快又摆出不高兴的样子将脸转向一边。而她的脸颊上似乎染上了红色。

"呜呜呜呜……别、别以为这样就是你赢了！希丝缇娜！"

温蒂一边不甘心地咬手帕，一边瞪着希丝缇娜。

顺带一提，温蒂的成绩是六中五。一开始她状态很好地不断中靶，但在最后一发的时候，她在击出的瞬间打了个喷嚏。

"我不认同！我才不认同那种成绩！老师，我要求重来！只要我完全拿出原本的实力，就不可能输给希丝缇娜！"

"是是，知道了知道了……现在先按顺序来，你的事往后再说吧，冒失少女。"

"咦——"

格伦一边安抚歇斯底里的温蒂，一边不断地让人轮流竞技。

"好了，下一个。到卡修了吧？"

"是、是！"

学生们的意识里已经没有了关于格伦和莉耶尔的绯闻。

在能够自由发挥魔法才能相互竞技的时候，那些事都成了次要的，现在大家都沉迷于展现自己的魔法狙击本领当中。

"呃……六中零……每一发都差一点点啊……喂，卡修，你是不是有点精神不够集中？"

"咦、咦？奇怪啊……"

结果不佳的卡修垂头丧气地退了下去。

"不过，能打得那么靠近靶，你的感觉也不坏，往后就要靠多练习了。"

格伦姑且鼓励了一句，在手里的板子上记下成绩。

"呜……我会努力的……"

上次在魔法竞技祭的决战里十分活跃的大个子刚毅少年摆出一副不适合他的沮丧模样，让人看着就想笑，班上也传出几声低低的笑声。

"果然，对你这种粗枝大叶的人来说，这种纤细的魔法实技就是过重的负担吧？"

"吵、吵死了，要你管啊！你想打架吗？"

面对推着眼镜冷笑的吉布尔，卡修气得向他怒吼。

"卡、卡修，你冷静一点！吉布尔也是，这种说法也太……"

长得像女生的小个子少年塞西尔夹在他们之间，不知所措，一副为难的样子。

孤傲的吉布尔和人缘好的卡修,这两个正相反的人像这样吵架,其实也是班上的家常便饭了。

不过,卡修身上并没有那种从心底里厌恶吉布尔的气氛,也不知道这两人的关系到底是好还是不好。

"……真是的,那你又怎么样,吉布尔?你既然那么说,就应该很有自信吧?"

"哼。总之,你就安静地看着吧。"

"喂,下一个。吉布尔,该你了,上吧。"

正好被格伦叫到,吉布尔从容地向着狙击位走去。

……

然后——

"可恶,吉布尔那家伙,竟然六中六……还是和以前一样,本事大得招人恨。"

"成绩仅次于希丝缇娜的第二位,果然不能小看……"

卡修不甘心地发牢骚,塞西尔感慨地回应。

这种程度是当然的吧——吉布尔露出透着那种感情的表情,结束了竞技。

"嗯……"

格伦一边往手里的板子上记录下吉布尔的结果,一边大体上再次确认了下前面学生们的成绩。

可以说,真不愧是希丝缇娜和吉布尔。

只打偏了一发的温蒂也很优秀。在这次的结果里,温蒂是在关键时候掉链子了,但如果她发挥出了平常的水平,应该也能和那两人并列。

格伦的班级里,这三人的综合成绩特别突出。

其他的人,就几乎可以说是半斤八两。其他学生大致上都

第二章 日渐混沌的日常

处在平均六中三的水平,露米娅也一样。她擅长白魔法——尤其是法医咒文系,但除此之外就是还说得过去的水平。

让人意外的是塞西尔,六中五。他基本上算是一个在理论上优秀却不擅长魔法实践的学生,不过自从上次的魔法竞技祭之后,他就在魔法狙击上迅速地增强了实力,是在看书时发挥的高度集中力带来的好处吧。

比较成问题的,是和塞西尔一样不擅长实践的琳,六中一。她总在射击的瞬间闭上眼睛,这样一来,就算本来能打中的也会打不中了吧。卡修是有些马虎,但能让人感觉到他那种非凡的灵感,还不用怎么担心。可琳的话,说不定就需要一点个别指导了。

"接下来……"

做好了记录,也大致上想好了往后要怎么指导学生们,格伦就向下一个学生看去。

班上的学生们也跟着他看向那个学生。

这次实技课的压轴学生终于要登场了。

远处,负责换靶的学生换完了青铜人身上的靶子,举起手给出信号。

看到信号的格伦对最后一个学生说道:

"好,莉耶尔,到你了,上吧。"

"……嗯。"

"你听好了,不能瞄准同一个靶子哦。一个靶子只能打一次,总之这次就是这种规则。明白了没?"

"嗯,我明白了。用攻击性咒文破坏那些靶子就行。是这样吧?"

"嗯,没错。"

"交给我吧。"

在格伦的催促下,莉耶尔站到了指定位置上。

"那么……让我见识一下她的本事吧。"

"莉耶尔能打中几发呢?"

"哎呀,说不定她是个出人意料的高手哦。那女孩,总是那么酷酷的,感觉集中力会很强……"

"这么说来,她也说过自己的目标是加入帝国军什么的……"

班上的人都关注着莉耶尔的举动。

这也是当然的。新来的同学到底有什么样的实力,大家不可能不在意。

在全班的注视下,莉耶尔依然是一副犯困的样子,盯着放在两百米前的青铜人……

"'雷精啊,以紫电的冲击,将敌人击倒吧'。"

她干巴巴咏唱出那句咒文,直挺挺地站着,以非常死板的动作指向前方。

紫色闪电扫过两百米的空间。

但是,那道电光别说打中靶子了,甚至是从青铜人右侧偏离开很远的位置飞过。

"……"

微妙的沉默笼罩了全班。

——哎呀……我在军队时的确是没见莉耶尔正经用过黑魔法系的攻击性咒文,但……没想到她竟然糟糕到这种程度……

看到这么出乎意料的结果,格伦也只能额头冒汗地呆愣住。

只看这一发就能知道。直截了当地说,莉耶尔的魔法狙击本事在这个班上肯定是最后一名。

"'雷精啊,以紫电的冲击,将敌人击倒吧'。"

莉耶尔完全不畏惧班上飘荡着的微妙气氛,继续淡漠地咏唱咒文。

这一次,电光从青铜人左侧偏离开很远的位置飞过。

别说掠过去了,连靠近靶子的意思都没有。

这时,班上众人的目光从评估变成了关爱小孩子的温柔视线。

"莉耶尔,放松,放松!"

"你身体太僵硬了,抬起来的手要再放松一些……"

"加油,还有四次机会。"

"哈哈,太好了,卡修,出现了一个和你一样没用的家伙。"

"……你就这么讨厌我吗,吉布尔……"

莉耶尔还在继续挑战。

可是,结果总是不好。

飞向天空,刺进地面……就算接受了班上学生们的建议,莉耶尔的【伏特脉冲】的咒文还是看不到一点要掠过青铜人的意思。

终于到了第六次——也就是最后一击。

"……喂,莉耶尔,你这个样子,也真亏你能活到现在啊……"

格伦无奈地嘀咕道。就在这时——

"嗯?"

格伦突然察觉到了。

尽管只是很轻微地,但莉耶尔就像是有些不能理解般地歪着头。

"怎么了,莉耶尔?"

"嗯，有点……"

莉耶尔猛地转向格伦，低声问道：

"喂，格伦。这个，不用【伏特脉冲】不行吗？"

"也不是说不行……可是这个距离，其他的攻击性咒文都打不到啊。"

格伦惊讶地看着提出这个莫名其妙问题的莉耶尔，做出回答：

"与其说不用【伏特脉冲】就不行，不如说要跨越这么长的距离有效击中目标，学生能用的咒文就只有【伏特脉冲】而已，理由就是这样。"

"也就是说，用什么咒文都可以？"

"嗯，算是吧……"

"我明白了。那么，就用我擅长的咒文来吧。"

"……啊？喂，我话说在前面，军用魔法是禁止的哦！"

"不用担心，没问题。"

莉耶尔重新转向两百米前的青铜人。

"加油，还剩最后一击了。"

"不到最后不要放弃啊。"

在班上同学们火热的声援下，莉耶尔咏唱起咒文：

"'向万象希求，现于吾手，十字之剑'"

咔嚓一声，莉耶尔迅速压低重心，碰触到的地面上扫过一道紫色闪电。

下一瞬间——

"什、什么啊——"

莉耶尔的手中出现了一把又长又大的十字架形大剑，而她的脚下，则出现了十字架型的凹坑。

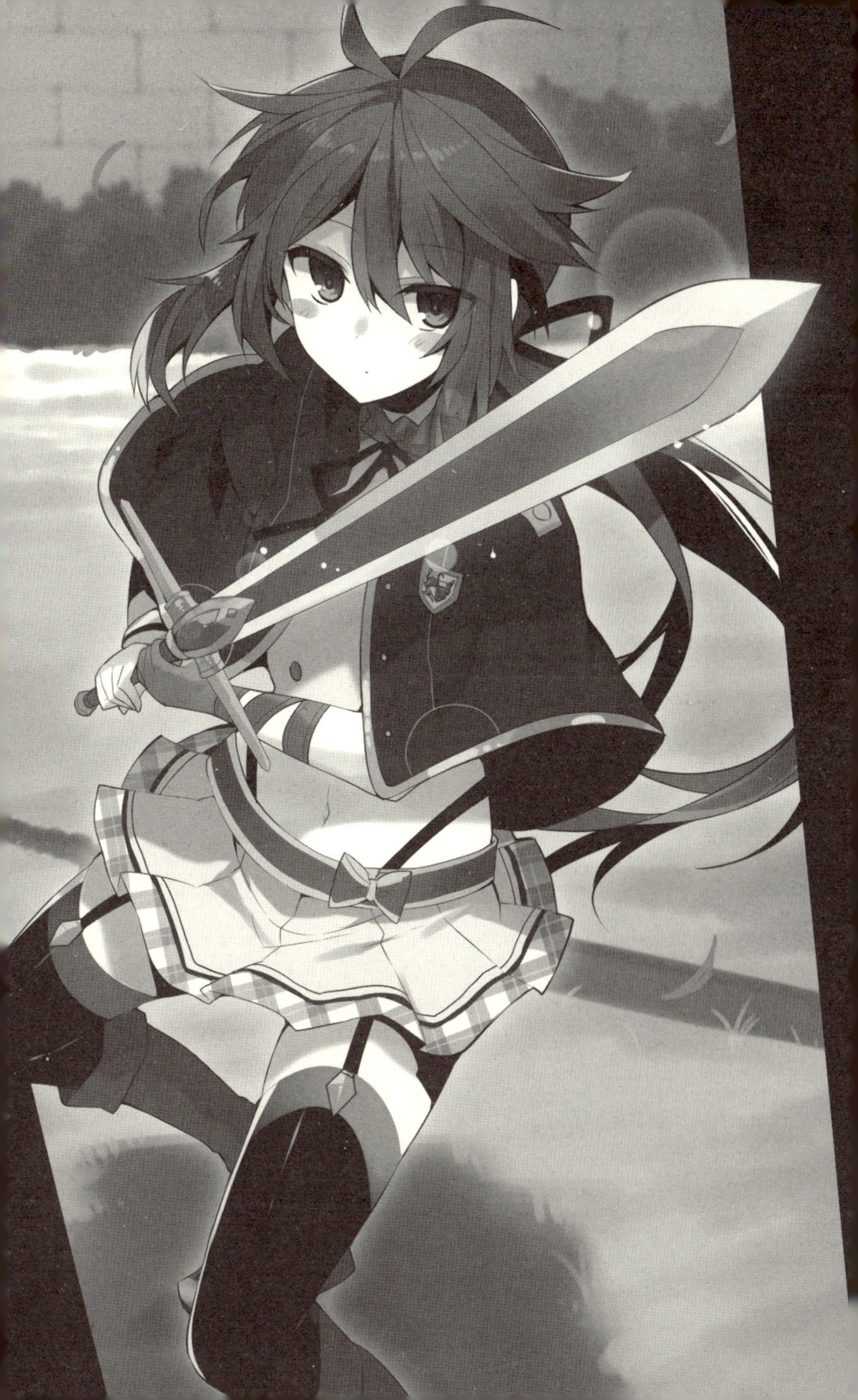

这是通过炼金术高速炼成，将竞技场地面的土瞬间制作成的钢之大剑。

"喂、喂……莉耶尔，你到底要干什么……"

格伦脸颊抽搐，他说的话被无视了。

莉耶尔将大剑高高举到头上。

"呀嚆——"

随着孤注一掷的气势，她用力蹬了下地面。

莉耶尔以全身的力气将长过身高的大剑投掷了出去。

嗖的一声，被投出的大剑撕裂空气，像风暴一样纵向旋转，一瞬间就飞过了二百米的距离。

咚哐！巨大的破碎声响起，大剑贯穿了青铜人的身躯。

下一瞬间，青铜人四分五裂地碎散开。

当然，设置在青铜人身上的六个靶子也粉碎得无影无踪。

"……"

班上的学生们全都目瞪口呆地僵立在原地。

"……嗯。六中六。"

莉耶尔依然是那一副困倦的表情，却也带上了一点得意地小声说。

"……我、我说啊，莉耶尔……是要使用攻击性咒文吧……"

"嗯，攻击性咒文……那个，是用炼金术炼成的剑嘛。"

"不对……这解释绝对是错的……"

惊讶到极点的格伦也只能仰天长叹。

不出所料，班上的学生们都害怕地看着莉耶尔。

格伦特意做出安排让莉耶尔和班上的人交流，现在这一切都白费了。

就这样——

第二章
日渐混沌的日常

莉耶尔和格伦带的二班学生们的会面结束了。

莉耶尔弄了次非常夸张的首秀。

结果,二班的学生们对莉耶尔的第一印象都完全固定为"奇怪的家伙""恐怖的家伙""危险的家伙"了。作为新面孔的转学生,这可是致命的失败。

莉耶尔的感情表现原本就极端淡薄,让人很难看透她在想什么。平常又总是困倦地眯着眼,那眼神看上去既像生气又像不高兴,让人很难向她搭话。而且,就像理所当然一般,莉耶尔完全不会主动找人说话。

再加上,学生们又目睹了那种让人毛骨悚然的破坏力,老实说,也都害怕得不敢向她搭话。

因此——

"……"

午休时间。

莉耶尔理所当然地独自坐在自己的座位上,游离于整个班级之外。

她什么都没做,身上也一动不动,只是在发呆。

"喂……你去和莉耶尔说点什么啊……"

"可、可是……那女孩,我总觉得很可怕呀。"

"说起来……你们不觉得有点古怪吗,那种力量……真的是人类?"

并不是班上的学生们刻意要无视莉耶尔。

只是,面对莉耶尔身上的那种人偶般的气质,以及她表现出的压倒性的实力,总之就是让人很难上前搭话。大家似乎完全抓不到和她说话的契机。

"……那个笨蛋。"

看着游离于班级之外的莉耶尔，格伦深深地叹了口气。

这的确也是无可奈何的事。莉耶尔的成长经历有点特殊，从出生起，她就一直活在不普通的环境里。莉耶尔待人接物的技巧连小孩子都不如，这一点显而易见，根本不用说多。因为自己做出那种夸张的事而融不进班级里——她却连这种程度的事情都无法理解。

话说回来，在这么热闹的班级里，莉耶尔却谁都不搭理，只是独自坐着，那身影真是非常悲哀。一般来说，也很可怜。

但莉耶尔自己恐怕对这种情况没有任何感觉吧，不过……如果放着不管，又觉得过意不去。

"……真没办法。"

好歹也曾经是战友，自己也该去鼓励一下吧。

反正自己在学院里的评价都低到地上了，现在就算再多出一两条奇怪的流言也无所谓。

格伦想约莉耶尔出来吃午餐，开始向她走去。就在这时——

"哦？"

先格伦一步，一名少女站在了莉耶尔的身边。

"你好啊，莉耶尔。"

是露米娅。希丝缇娜跟在她身后。

"……嗯？"

感觉到露米娅气息的莉耶尔瞥了她一眼。

莉耶尔的身体依然没动，只是转动眼球向上看，那视线简直就像瞪人一样，有些人会觉得恐怖吧。

不过，露米娅对莉耶尔的那种视线并不在意，而是带着爽朗的微笑说道：

第二章
日渐混沌的日常

"现在午休时间……莉耶尔你的午饭要怎么解决？"

"……午饭？"

被这样一问，莉耶尔把视线从露米娅身上移开，沉默了一会儿。

然后，她再次只转动眼球地瞥了露米娅一眼，说道：

"没必要。我三天不吃东西也没事。"

"咦？那、那怎么行，那样的话……对身体可不好哦。"

听到莉耶尔的说法，露米娅回以苦笑。

"要好好吃饭才好。不然的话，也会影响你的工作吧？"

"……也有道理。"

随后，莉耶尔突然停止了只转眼球去看露米娅的举动，而是微微动了下头，从正面认真看着露米娅。

"可是，我不知道该吃什么才好。这次的任务，没有配给食物。至今为止配给的份，我在来这里时就全部吃完了。"

那家伙病得不轻啊——远远偷窥着情形的格伦无奈极了。

说到配给的食物，在这种场合下，肯定是指军用的便携野战粮食——用大豆、麦子、白薯等粮食熬煮后凝固再烘熟的块状食物。

但是，她明明是要融入日常生活里当警卫，有哪个组织会笨到在这种时候还让人啃军用野战粮食啊？而且，不吃饭她打算怎么活？

这么说来，在自己还是魔导士的时候，说到莉耶尔吃饭的样子，她啃那种难吃至极的野战粮食的样子的确让格伦印象深刻……难道说，她就没吃过除了那个之外的其他食物？

"啊，这样的话……我们正要去食堂，莉耶尔也一起去吧？"

"……食堂？那是什么？"

"呃，是吃饭的地方……怎么样？"

"……"

莉耶尔又一次沉默。

仔细看的话，会发现她眨眼的次数好像增加了。看起来，似乎是在不知所措。她应该没有和同龄的女孩一起吃过东西吧。

"那个啊，莉耶尔……我们不是要勉强你哦。"

忍受不了这种沉默，希丝缇娜终于从旁边插进话来。

"只是，说不定要和你相处挺长一段时间，彼此间的关系还是和睦一些比较好吧？而且，吃饭时就是要很多人在一起吃才快乐啊。"

"……快乐？我不是很明白，不过……"

莉耶尔回味着希丝缇娜的话，向格伦那边瞥了一眼。

格伦抬起下巴示意她"去吧"。

看到这个，莉耶尔点了下头，站起身。

"嗯，我明白了。我去。"

"呵呵，太好了。那么，马上就走吧？"

接着，露米娅和希丝缇娜就带着莉耶尔走起来。

教室里吵吵嚷嚷的。

留在教室里的学生们一边远望着观察露米娅她们的举动，一边窃窃私语。

"真、真有勇气啊，露米娅……"

"没问题吗？邀请那女孩……"

露米娅和希丝缇娜都没有在意同学们的那些低语声，只是陪着莉耶尔向教室的门走去。

然后，露米娅她们从格伦面前经过。

"……莉耶尔就拜托了。"

在露米娅经过的时候，格伦小声地这样说。

"好。"

露米娅回以微微一笑。

"……真是的。"

格伦目送着三人向食堂走去，挠着头叹了口气。

真是前景堪忧啊。莉耶尔作为警卫，本来应该先找些合适的理由试着和露米娅接触，结果她却是等着被保护对象来和自己接触，这种做法说是三流都算好听的了。格伦再一次觉得这个人选太疯狂。

不过……

"……仔细一想的话，说不定是个好机会。"

他很不痛快地这样想着。

老实说，莉耶尔就没有过正经的成长经历。现在也是，小小年纪就是帝国宫廷魔导士团的魔导士。当然，她不得不被困在宫廷魔导士团，这里面有着复杂的原因，但……不可否认的是，这的确妨碍了莉耶尔的人格成长。到目前为止，莉耶尔还没有致命的破绽，可她作为人类的某些东西已经丢失了，这也是不可否认的事实。

不过……

通过这次的任务接触更多的人，对那样的莉耶尔来说，会不会得到些什么呢？会不会成为她心理和精神上成长的契机呢？

和露米娅以及希丝缇娜在一起的话，说不定……格伦有着这种期待。

原来如此，这么一想，这次的任务说不定正需要莉耶尔，她才是最合适的。不过，在实际上决定派遣莉耶尔的家伙肯定

是疯了，这一点不会变。格伦很想往对方的肚子重重打上一百拳。

"这么说来，马上就是'远征学习'了啊……"

——对莉耶尔来说，和同龄的人一起去哪里玩这种事，这还是她第一次经历吧。如果这次的旅行能让莉耶尔有些收获就好了。

"那么，我也去吃饭吧。"

目送三人离开后，格伦也走出教室，向学生食堂走去。

虽然也可以在小卖部买快餐来解决，不过今天他就是想去食堂。

——我可不是在担心那些家伙……

格伦在心里不知道对谁辩解着。

他一边迷迷糊糊地那样想，一边偷偷摸摸地快步走向食堂。

"这里就是阿尔扎诺帝国魔法学院的食堂哦。"

在露米娅和希丝缇娜的带领下，莉耶尔来到了学院的食堂。

"怎么样？很大吧？有没有吓一跳？"

莉耶尔斜眼瞥了下微笑着介绍的露米娅，眨了眨眼睛。

宽广的食堂里，并排着许多张画有白色十字的长桌子，上面装饰着烛台，看上去很高级。

许多学生从深处的厨房柜台拿出自己点的料理，挑着自己喜欢的座位坐下，一边谈笑一边吃饭。

今天，魔法学院的学生食堂也洋溢着午餐时特有的活力。

"好多人……而且，好香的味道……"

"这个食堂的食物啊，又便宜又美味，在学院的学生当中很有人气的哦。"

第二章
日渐混沌的日常

希丝缇娜也一边把自己的银发向上拨,一边加以解说。

"来自上流阶层的……比如说资本家或是贵族的子女当中,就不怎么来这个食堂,而是到学院外的高级料亭去吃午餐。而下层阶级的贫苦学生会自己准备便当,也不怎么来这里吃。不过,学院里有大半学生都会到这里吃饭。"

顺带一提,希丝缇娜出身于魔法师的名家,属于上流个层,有足够的钱去吃学院外的高级食物。不过,她从小就吃惯了母亲亲手做的料理,喜欢庶民风格的朴素味道,是名门出身里少见的类型,所以经常会来这个食堂吃饭。

这个姑且不谈,其实希丝缇娜的说明几乎都没被莉耶尔听进去。

要说到莉耶尔所知道的吃饭场景,就是在杀气腾腾的战场上仅仅为了补充能量才会做的工作,也就是维持体力的工作之一。

像这样,在弥漫着香气的地方,大家其乐融融地一起吃饭的画面,她还是第一次见到。

莉耶尔被自己没见过的画面所震撼,看出了神。

"好了,走吧?莉耶尔,我们去点餐吧。"

露米娅拉起莉耶尔的手,一边推开人群一边向着深处的柜台走去。

柜台的对面是厨房,可以看到许多厨师像是在打仗一样忙碌地做着料理。

"嗯,今天也有很多看上去很好吃的东西啊……要哪一种呢?"

露米娅一边看着立在柜台旁的板子上所写的今日菜单,一边高兴地说道。

065

"我就和平常一样。"

希丝缇娜没有看那块板子，只是冷淡地这么说。

"又是两块烤饼？希丝缇最近都只吃这个呢……不好好吃东西的话，对身体可不好哦。"

"吵、吵死了……我只要那点就够了！"

"希丝缇明明一点都不胖……甚至该说是消瘦了点……"

"不、不、不是啦！不是胖不胖的问题！我、我只是，不想在下午上课时犯困！"

希丝缇娜比划着对露出苦笑的露米娅说着借口。

"对了，莉耶尔吃什么？"

这次话题转到了莉耶尔身上。

但是，没有回答。

"……"

两人仔细一看，发现莉耶尔正盯着附近桌子上吃东西的一个女生。

准确地说，她是在凝视那个女生正在吃的东西。

那个女生手里拿着的是草莓挞。她一边和旁边的朋友谈笑，一边非常幸福地吃着。

"……"

大概是那个草莓挞漂亮又华丽的外观吸引了莉耶尔的目光吧。

虽然望着草莓挞的莉耶尔还是那一副困倦的样子，但她的眼睛好像在发光，显得兴致勃勃。

"莉耶尔……你要不要吃吃看？"

露米娅体贴地问莉耶尔。

莉耶尔立刻转动眼球瞥了露米娅一眼。

"那个……我也能吃吗？"

"嗯，点了就能吃到了。你要点吗？"

听到露米娅的话，莉耶尔像是沉思般地沉默了一会儿。

终于，她用力地点了下头。

片刻之后……

"怎么样？好吃吗？"

"……"

食堂一角的桌子边，莉耶尔专心致志地吃着草莓挞。

她没有回答露米娅的问题，只是用双手小心翼翼地拿着草莓挞，一心一意地默默看着。比起大口大口地吃，她的吃相更像是小动物啃果实一样，小口小口地咬着。

"看来，你挺喜欢的呢……"

看着莉耶尔的这种样子，希丝缇娜一边耸着肩膀，一边用叉子插起切成小块的烤饼，动作优雅地往嘴里送。

接着，她又瞥了莉耶尔一眼。

事实上，莉耶尔已经吃到第六个草莓挞了。

吃第一口时她还咬得小心翼翼，可一旦吃进嘴里，莉耶尔就像是被什么东西附身了一样，没多久就吃完了第一个。之后，她就不断地要求再要一个，直到现在。

"……好、好羡慕啊。"

希丝缇娜对比着自己盘子里的烤饼和莉耶尔的草莓挞，低声地这样嘀咕。

"嗯？怎么了，希丝缇？"

"呜……露米娅，你吃进去的都会让你在该长肉的地方长，这是你绝对不会有的烦恼吧……"

希丝缇娜恨恨地对比着露米娅的胸部和她面前的食物。

露米娅今天点的,是一个稍小的面包和烤牛肉、芝士沙拉、玉米汤。

大概是天生代谢功能好吧,露米娅是那种明明吃得不少,却完全不会发胖的体质。还不仅如此,她那让人羡慕的部分也发育得很好。

如果自己也吃这么多的话,大概是不行的。

恐怕肉都不会长在真正想长肉的部位,反而是有重点地向腰啊手臂啊这些不希望长肉的部位集中吧。

神实在是太不公平了。

"唉……"

希丝缇娜叹着气,看向莉耶尔。

她也好想跟莉耶尔那样,不去在意吃甜食会长胖,尽情地大吃一次。也好想跟露米娅那样吃得饱饱的。

眼前坐着两个胃口好食量大的人,对希丝缇娜来说,这还真是精神上的折磨。

"不过……"

希丝缇娜用手撑着脸颊,重新看向莉耶尔。

莉耶尔依然在陶醉地啃着草莓挞。

——还真是个天真无邪的孩子啊。

希丝缇娜突然这样想。

老实说,她挺怕这个莉耶尔的。

因为莉耶尔曾经突然用剑去砍格伦,也因为之前的那件事——那种天灾一般的能力,只会一点小魔法根本就应对不了。目睹了这些,露米娅为什么还能泰然自若地对待莉耶尔呢?希丝缇娜觉得非常不可思议。

第二章
日渐混沌的日常

不过，在看到莉耶尔像这样吃东西的天真模样后，希丝缇娜又觉得，偷偷地害怕和警戒的自己就像是个笨蛋一样。

"……你想要吗？"

这个时候，察觉到希丝缇娜视线的莉耶尔抬起了头。

"……呃，不是的……"

"想要的话，我分给你。"

这么说着，莉耶尔就想把自己吃的草莓挞掰开。

"……"

突然，莉耶尔的手停住了，僵在那里。那双凝视着草莓挞的困倦眼睛里透露着一股为难，眉毛好像拧成了个八字。

看到她这么易懂的反应，希丝缇娜苦笑着说：

"啊，好了，不用勉强的。你想全部吃完吧？"

"……可以吗？"

"可以啊。如果真的想吃，我会自己去买的。"

听到这一句，莉耶尔像是放心了，再次开始啃了起来。

——肯定不是个坏孩子吧……只是个很古怪的孩子而已。

虽然可以归入有点……不，应该说是非常冷淡的类型，但莉耶尔完全没有让人不快的言行举止，甚至可以说，让人看到她就想露出微笑。

"啊，莉耶尔真是的……脸上沾到奶油了……吃的时候要注意啊……"

希丝缇娜叹了口气，取出手帕伸向莉耶尔的脸颊。露米娅愉快地看着她们两人。

"好了，不要动……嗯，擦干净了。"

"嗯……谢谢。"

——如果我有妹妹的话，就是这种感觉吧？

069

就在希丝缇娜开始这样想的时候——

"今天食堂里都没多少空位呢……怎么办？"

"啊……温蒂……那里还空着哦？"

"哎呀，真的呢。"

熟悉的声音传了过来。

希丝缇娜回头一看……

"咦，希丝缇娜？"

"温蒂……还有琳。"

在那里的正是温蒂和琳，手里还拿着放有料理的托盘。

"真稀罕啊，温蒂，你也会到食堂来吃饭。"

希丝缇娜惊讶地眨了下眼。

"你不是去学院外高级料亭吃午餐的那些学生的首领吗？而且还和琳在一起……今天这是吹的什么风？"

"呵呵，偶尔来视察一下庶民的吃饭情况，这也是身为贵族的责任。"

"我、我就是……碰巧在食堂门口遇到了温蒂……"

温蒂得意地挺起胸膛，却也毫无意义。琳则是惴惴不安地说明。

接着，露米娅笑眯眯地拍了拍手，像是提出好主意般地说：

"对了，你们要是不介意的话，就和我们一起吃吧？你们看，还可以多了解一下莉耶尔。"

"咦？"

"大家一起吃的话，肯定会很愉快，也会更好吃哦。"

"这、这个嘛……"

"……那个……"

但是，听到露米娅的提议后，温蒂也好琳也好，都开始支支吾吾，还露出复杂的表情瞥了露米娅旁边的莉耶尔一眼。

这个时候，恐怕温蒂和琳的头脑里都浮现出了在先前的魔法实践课上，莉耶尔那超人的能力及其带来的破坏吧。

事实上，在莉耶尔的前面，温蒂也无法保持平常那副清高的贵族派头，怯懦的琳更是冒出了冷汗，微妙地躲在温蒂身后。

结果，两人没能说出"好"或是"不好"，只是沉默着……

"……不行吗？"

露米娅露出了带着一点悲伤的笑。就在这时——

"哎呀，可爱的女孩们！这样的话，也加我一个吧！"

不合时宜的明快声音在她们背后响起，吹跑了尴尬的气氛。

"不管怎么说，学院内高评价的我们班的美少女们全都聚在了一起！这种时候，我怎么能不掺一脚呢！"

"啊哈哈，卡修你真是的。不过也是，可以再加我一个吗？我有好多话想和莉耶尔说说。"

来人是大个子的卡修和小个子的塞西尔，两名男生。

"哎呀，真是难得呢。塞西尔也就算了，连卡修都来了食堂。"

看到出乎意料的同学们出现，希丝缇娜吃了一惊。

"昨天我拿到了代笔的打工费！今天就想吃顿好的。"

卡修和塞西尔也都拿着装有料理的托盘。瞥了呆愣住的温蒂和琳一眼，卡修在露米娅的身边——也就是莉耶尔的正对面坐了下来。塞西尔则坐在卡修旁边。

"哟，莉耶尔！"

大概是被卡修这声很有气势的招呼吓了一跳吧，就连莉耶尔也把注意力从食物上移开，眨着眼睛看向卡修。

"刚才课上的那个，瞬间做出拔剑，又嗖地把剑投出去……那个，好厉害啊！你到底是怎么做到的？"

"厉害？我吗？"

"嗯。我都没见过那种魔法。"

"把剑投出去时，我觉得是用强化身体能力的魔法来辅助的单纯的体术，不过……制作剑是用的炼金术吧？能那么快就炼出来，真是太厉害了，你是在哪里学的？"

卡修和塞西尔一个跟着一个地和莉耶尔说话。

"喂喂，下次你教教我诀窍吧！能够那么快就炼出来的话，总能派上什么用场的！"

"你用的是什么样的炼成式，我倒是对这方面很感兴趣。"

"……"

莉耶尔像是在沉思什么一样，沉默了一会儿后——

"……嗯。有空的时候，我教你们。"

"哦！太好了，谢谢！"

随后，卡修转向呆站着的温蒂和琳。

"喂、温蒂、琳，你们也一起吧？我觉得，这对提升魔法师的位阶肯定会有用哦。"

看到卡修他们这么热闹，温蒂和琳相互望了望。

两人不知所措般地相互点了点头，接着——

"的确，那个高速炼成真的是很精彩，莉耶尔……不过，你那个【伏特脉冲】到底是怎么回事？"

"啊，啊哈哈……关于那个，我也是完全不行……"

温蒂和琳两人也在莉耶尔周围坐了下来。

"因为我没怎么学过黑魔法。"

"真是的……【伏特脉冲】在黑魔法系攻击性咒文里可是基础中的基础啊。你不努力练习的话，是升不到下一个位阶的哦。"

"呜……好刺耳……"

"如果你不介意的话,我可以教你哦,莉耶尔。"

"……"

听到温蒂的提议,莉耶尔瞥了眼露米娅的表情。

露米娅笑嘻嘻地说:

"这不是很好嘛,莉耶尔。我觉得有人教也挺好的。"

"……我明白了。教我吧。"

虽然莉耶尔绝对不会积极主动地找别人说话,但她都会认真应答。看上去很冷淡,却也不可思议地能和周围的人好好对话。

"谢谢你,卡修同学。"

在一群人围绕着莉耶尔热闹地说着话时,露米娅轻声地对坐在身边的卡修道谢。

"没什么。虽说她是个古怪的家伙,但看到新同学被排斥却视而不见的话,我总觉得心里不舒服……你不用特意道谢的。"

卡修露出通情达理的表情笑起来。

"要道谢的话,下次就和我约会好了……"

"啊,那可不行。抱歉哦,卡修同学。"

露米娅用天使般和蔼可亲的表情说出了非常残酷的话。听完之后,卡修沮丧地把头顶到桌子上。

"啊哈哈,你被甩了啊,卡修。真遗憾。"

"吵、吵死了,别管我……"

被带着暧昧笑容的塞西尔这么安慰,卡修很不甘心地回答。

"话说回来,除了我和希丝缇之外,还有其他能够接受莉耶尔的人在,真是太好了。"

"嗯、嗯……不过,我一开始看到那个时,也是很害怕……"

卡修有些尴尬。

"可是，在食堂里远远望到你们说话的样子后……就觉得，她确实是古怪了点，但不是个坏家伙……你看。"

卡修和露米娅把目光转向莉耶尔，只见她把温蒂和希丝缇娜又莫名其妙地展开的争吵当成了耳边风，只是默默地啃着草莓挞。

"……好可爱。"

"嗯嗯，好可爱。"

卡修对笑嘻嘻的露米娅表示赞同。

"总觉得，竟然会害怕那女孩，这也太奇怪了……而且，既然你和希丝缇娜能接受她，那她肯定不是个坏家伙。虽然班上的家伙现在都还在害怕，不过，要不了多久他们也都会明白的了。"

"卡修同学……"

"期待已久的'远征学习'也快要开始了吧？现在又增加了新同学……总觉得，会玩得很开心吧？"

"嗯，是啊。能玩得开心就好了。"

两人相视而笑。

"似乎……没有我出场的时机啊。"

同在食堂里的格伦从远远的隐蔽处望着露米娅她们，放心地松了口气。

格伦那偷偷摸摸的举动实在太可疑，周围来来往往的学生们都狠狠地瞪着他，他本人却完全不在意。

"怎么说呢……我的学生们还都是挺不错的家伙嘛……呜……老师能拥有你们这样的学生，真是太幸福了！"

格伦感慨无限地压着眼角。

"那么，暂时可以放心了，格伦老师就酷酷地离开吧……"

说到这里，他终于想起了一件重要的事。

"呃，我还没吃午饭啊！看得太出神，完全给忘记这事了！糟、糟糕！午休时间还剩下多久来着——"

就在这时，格伦的肚子发出了咕噜噜的响声。

与此同时，宣告午休结束的预备铃声响彻学院。

"什、什么——"

格伦的痛苦惨叫和预备铃声形成了合奏……

……

……我……做了梦。

那是年幼时光的一个碎片。是我还被困在天之智慧研究会的时候。

"呜……呜……呜……"

"怎么了，□□□□？发生什么事了？"

我抱着膝盖大哭，哥哥在安慰我。

"我……我……杀了……丽塔……是组织的……命令！"

"你说什么？"

"可恶！为什么会这样！"

在哥哥身边的，哥哥的好朋友□□□□突然站起来，捶了下墙壁。

"反正，肯定是组织加在□□□□身上的那个可怕锻炼吧？用炼金术高速炼成武器，和组织秘传的暗杀剑……可恶！竟然还要同伴们相互残杀？对组织来说，我们完全就是一次性道具，用完就扔！混账！"

"冷静一点，□□□□。"

"□□□？可是……"

"我们是没有亲人的孤儿，只有在组织的庇护下才能活命……这也是事实。"

哥哥带着悲伤的表情对好朋友□□□□摇摇头，然后笔直地看着我。

"你很痛苦吧，□□□□。虽然对不起丽塔，但……对于身为你唯一血亲的我来说，你能活下来真是太好了……所以……"

"哥、哥哥……我好害怕……"

那个时候的我，只有向哥哥坦率地说出内心激荡的不安，才能够保持住自我。

"我的心……在一点一点死去……每一天，我都觉得自己在慢慢地转变成人偶之类的东西……最近，就连这种感觉都……变得淡薄了……"

"没事的……你会没事的……"

但是，哥哥总是鼓励和支持着这样的我。

"总有一天，我们肯定能脱离这个组织。我肯定能做到的。然后，我们就能自由地生活了。在那之前……在那一天到来前……拜托你，□□□□，你要撑住……一定要撑住……"

"哥哥……□□□哥哥……"

对，那个时候，我之所以能活下来……完全是多亏了哥哥。

因为有哥哥在，我才能活下来。

"□□□□，如果你……能脱离这个组织的话，你想做什么？"

但是，一片空白。大概是因为那段记忆太过久远，背景是白色，对话里的一些地方也有空白。

总觉得，就连哥哥的脸，也像是蒙上一层白雾般，看不清楚。

那些都已经成了模糊不清的，无法好好回想起来的，往昔的残滓……

白色的记忆。

……

"那个啊，莉耶尔。虽然由上任第一天就睡觉的我来说这话不太有说服力，不过……你的举动也稍微有点学生样吧……"

"……嗯？"

在梦中徘徊的意识回归到现实。

我睁开眼睛，慢吞吞地抬起头。

看来，我刚才是趴在桌子上睡着了。我一边擦着眼睛一边环视四周。

这里是阿尔扎诺帝国魔法学院的教室。

不知不觉就下了课，现在是休息时间。轻松的气氛在教室里蔓延，学生们有的在闲聊，有的进出教室，非常热闹。

格伦在旁边无奈地叹气，正低头看着我。

我定定地看着格伦的脸。

"……怎么？我的脸上有东西？"

……大概是因为梦到了让人怀念的事吧。

果然，我还是觉得格伦和雾里的哥哥相像。

"……真是的。"

看着擦着睡眼的莉耶尔，格伦深深地叹了口气。

自从莉耶尔来到魔法学院，已经过去快一周了。

因为在第一天会面时做出了很夸张的事，莉耶尔完全制造

第二章
日渐混沌的日常

出了让班上同学敬而远之的气氛。而在之后的学院生活中,莉耶尔到底会做出什么事……格伦从一开始就很担忧。

毕竟,莉耶尔那种奋不顾身地勇往直前所带来的英勇传说,不管好的还是坏的,在帝国宫廷魔导士团里都很有名,完全是不胜枚举。比如说……

第一:如果敌人比自己多,只要凭气势把所有人都砍了就好。

第二:如果敌人有用剑砍不穿的坚硬护具,只要凭气势把那个护具砍了就好。

第三:如果敌人比自己速度快,只要凭气势让自己比敌人更快然后把敌人砍了就好。

第四:如果敌人布下了陷阱,只要凭气势连陷阱带敌人一起砍了就好。

……等等。以上,就是包含自信和传统的莉耶尔战法的其中一部分。

而且,有一点糟糕的特性是,莉耶尔还真就具有绝对的能力和才气,能够实际做到靠那种莫名其妙的力量完全碾压敌人,留下累累战果。

败给莉耶尔的那些异端魔法师们,至今也还在地狱里伤脑筋地想着自己为什么会输吧。只能说,因为对手是莉耶尔。

总之,莉耶尔在各种意义上来说都不普通。再加上她还极端缺乏正常世界的常识,因此,她引起什么麻烦都不足为奇。

只是,从结果来说,几乎都是格伦在杞人忧天而已。

"莉耶尔,到午休时间了哦。今天也和我们一起去食堂吧?"

"……露米娅?希丝缇娜?嗯。我明白了,一起去吧。"

"不过啊,莉耶尔,你该不会今天还吃草莓挞吧?你不腻吗？虽然我也没什么资格说这话，不过，营养会不均衡的哦。你从来的第一天起，可是每天都在吃那个啊。"

"没关系，希丝缇娜，没问题的。草莓挞……很好吃。"

"唉……这可不是理由。什么啊，你这是挑食嘛。"

"啊哈哈，自从第一天被推荐起，莉耶尔就完全成了草莓挞的俘虏吧？"

"……"

今天，格伦也目送她们三人走向食堂。

莉耶尔之所以没有引起什么问题，原因根本不用猜测，完全就是多亏了露米娅和希丝缇娜。

正是因为那两人在学院内外都陪着莉耶尔（身为警卫，莉耶尔真是太失职了），很好地照顾着不谙世事的她。

"莉耶尔，今天要不要试试挑战别的东西？除了草莓挞之外，肯定还有很多好吃的东西哦。"

"可是……我想吃草莓挞……"

对露米娅来说，莉耶尔是护卫自己（姑且算是）的恩人，而且，以露米娅的性格来说，也不可能丢下莉耶尔不管吧，毕竟现在她正因为不熟悉这里而不知所措。

"真是的，拿你没办法……你听好了，莉耶尔。你年纪还这么小就这么挑食，这可是不行的。如果在饮食上不注重健康和营养均衡的话，可是会把身体弄坏的。"

"嗯……在这一点上，希丝缇也没资格说别人……"

"我、我没关系的！"

起初，希丝缇娜对莉耶尔并没有善意，不过，在陪着露米娅和莉耶尔接触的过程中，因为种种事情，现在她也把莉耶尔当成了需要照顾的妹妹。

第二章
日渐混沌的日常

不知不觉间，三人在一起就成了理所当然的事。

"哦，你们三个又在一起啊。哈哈，关系真好！"

"你们还真是的。对了，希丝缇娜，下节课是在药草菜园做农活。你们三个可别像上次那样，光顾着说话就又迟到啊。"

而且，像卡修、温蒂这些班上的中心人物很快就接受了莉耶尔，这也是一大帮助。由此开始，同学们也渐渐地接受了有所转变的莉耶尔。

原本这个班级的人就心胸宽广到连格伦那种异端都能够接受。尽管莉耶尔在事关格伦的时候偶尔会有一些离奇的言行震惊众人，但不管怎么样，她都和班上的同学渐渐熟悉了起来。

——那、那个莉耶尔……竟然能够过上正经的学院生活……

这一点令格伦在吃惊的同时又感慨颇深。

当然，事情也不是一帆风顺的。

莉耶尔这种原本不应该出现的异常分子混进了日常的世界，也的确是有弊端的。

"那么……像这样……将这个元素排列式用马尔奇奥斯运算展开……结果就是这样……然后，将计算出来的火素、水素、土素、气素、灵素的根源素属性值的返回值……向这边……通过这样的方式令根源素再次排列……再构建物质……"

放学后。

几名学生围在莉耶尔的座位周围，在那些学生的注目下，莉耶尔睁着困倦的眼睛，用羽毛笔在纸面上写着东西。好几张纸上都满满地写着极其复杂的元素排列变换的炼成式，以及控制那些的魔法式。

是莉耶尔的炼金术——炼成高速武器的魔法式。

在今天的最后一节课，也就是炼金术课结束后，留在教室里的学生们闲聊起来，而莉耶尔在来的第一天时展现的那个术式就成为了话题，然后莉耶尔就一点一点地解说起来。

"……明白了？"

淡漠地说明完后，莉耶尔停下羽毛笔，淡漠地小声问道。

"哦，完全不明白。"

从中途开始就完全放弃去理解的卡修非常爽快地回答。

"莉耶尔，真是厉害啊……我也是从中途开始就完全不知道她在说什么了……"

露米娅苦笑着赞同卡修。

聚集在这里的大部分学生都有着和卡修、露米娅一样的杂乱感。

"太厉害了……"

"竟然……这个术式，是谁创作的？"

像是只在理论课上很优秀的塞西尔，以及在整个年级也处在顶级梯队的成绩优异的希丝缇娜等人，少数几个能够勉强理解的学生都是一脸惊呆的样子。

在这所学院里，一般来说都是用魔法公式配合魔法函数来创作魔法式。就算是那两个人，要不是之前接受过格伦那种将魔法公式和魔法函数本身全都用卢恩语写出来再进行组合的疯狂课程，肯定完全无法理解。

"真是服了……为什么能那么快速地炼成大马士革钢的大剑，真是太不可思议了，不过……没想到竟然是利用了魔法语言卢恩语中存在的漏洞……"

塞西尔露出惊叹的表情，额头上都冒出了汗水。

第二章
日渐混沌的日常

所谓的大马士革钢,是通过在钢的元素排列构造内以一定周期来排列碳素的层构造,硬度和韧性上比通常的钢都优异得多的特殊钢材。

在帝国里,能够用工业手段生产出大马士革钢的锻造技术者很少,每年的产量仅有一点点,所以也在研究用炼金术这种魔法手段来炼成大马士革钢的方法。

可是,炼成物品很难永久性保存,维持时间很短,而且其排列构造又复杂离奇,要炼成也需要花很长的时间——这就是现在的帝国魔法学会关于大马士革钢炼成研究的结论。

莉耶尔的术式也有着不稳定的缺点,但不管怎么说,在炼成速度上可是有着悬殊的差异,这一点就够让人震惊的了。

但是,如果学会了这个术式并发表出来的话,恐怕会被当成纸上谈兵,被人一笑置之吧——只要没有亲眼目睹过莉耶尔使用出来的样子,这个只在理论上成立的炼成法只会被人当成笑料。

"难怪会连帝国军都没有配备这个术式……"

塞西尔感慨地叹息。

"莉耶尔……你总是在做这种事吗?"

希丝缇娜则是表情严肃地追问莉耶尔:

"要是错了一步,脑内演算处理就会溢出,你可就成废人了哦。"

"……会吗?"

"会啊!"

"……我不知道。"

听到希丝缇娜指出的事,莉耶尔没有任何感慨地小声说道。

她那张面无表情的困倦脸上没有丝毫的惊愕和恐惧。

083

"真是的……话说回来,这算什么啊,这种深层意识领域的荒唐使用方法,简直就是完全不考虑术者的安全吧?!创造出这种术式的人肯定在想:'术者什么的,用完就扔了吧!'"

希丝缇娜愤慨地转向背后的温蒂。

"你也这么认为吧,温蒂?"

"……咦?"

温蒂原本听了莉耶尔的说明而陷入呆滞,被人一问才回过神来。

"是、是啊!的确,正是如此!像这种完全不考虑术者的魔法式,在贵族阶层里是不可能有的……我从一开始就知道了!"

这时,不知为何,温蒂的额头上冒出了汗水,说的话也有些含糊不清。

"好了好了。"

露米娅出来安慰激动的希丝缇娜。

"总之,能够把这么难的术式运用自如,莉耶尔真的是很厉害吧?"

"因为我练习了很久。"

"真、真亏你没死啊……"

看着满不在乎地这么说的莉耶尔,希丝缇娜的脸都抽搐了。

不过,她还有点疑问。

虽然听格伦说过莉耶尔是帝国宫廷魔导士团的一员,但是,在帝国军里会有种罔顾士兵生命的训练吗?有点奇怪。而且塞西尔也说了,帝国军并没有配备莉耶尔的这个术式。

莉耶尔到底是在哪里学到这个魔法的?

"各位,不可以模仿哦。想要自如地使用这个术式,需要在炼金术上有惊人的天赋和灵感才行。依现在的情况，这个就像是莉耶尔的固有魔法一样了。"

希丝缇娜觉得要深究下去的话就是不识趣了，自己有责任控制住事情走向，让大家不去接触那个疑问。

"怎么可能模仿啊……"

"除了莉耶尔之外，大概谁也做不到吧……"

"虽、虽说我也不是做不到，不过……呵，呵呵，这种没有丝毫优雅的非贵族术式……和我太不相称了！"

就在这时——

"嘎吱"一声响彻教室，是有人匆忙地从座位上站了起来。

"……吉布尔？"

弄出声音的人在离莉耶尔有点距离的地方，是之前一直没有加入大家的讨论，独自一人坐在那里的吉布尔。

"喂，吉布尔，怎么了？突然……"

"……我回去了。你们也是，有时间在这里玩，不如回去在魔法学习上多多努力吧？"

吉布尔一边有些焦躁地这样说着，一边开始匆忙地往书包里塞教科书和笔记本等东西。

"啊？你怎么这么说话啊……"

卡修已经习惯了吉布尔那种让人厌恶的说话方式，只得无奈地挠着头。

"哼。"

但是，吉布尔没有回应他，转过身就要走。就在这瞬间——

有人从后面拉住了吉布尔的袖子。

"什……你，你干什么？"

转回头看到拉自己袖子的人后，吉布尔惊讶地瞪大了眼睛。

拉他袖子的，是不知道什么时候就接近了过来的莉耶尔。

没有声音，没有气息，她的这个举动简直就像是瞬间移动一样。大家都惊讶地眨了眨眼。

"……这个。"

莉耶尔的手掌里托着一根羽毛笔，向吉布尔伸去。

"你掉的。"

"……呃！"

因为敌意而满脸通红的吉布尔猛地抢下递过来的羽毛笔，迈开大步，动作粗暴地走出教室。

"……嗯？"

莉耶尔还保持着伸出手的姿势，像雕像一样僵着。

教室里的学生们也都呆住了。

"什么啊，那家伙。"

希丝缇娜半是困惑半是焦躁地嘀咕。

"说起来，自从莉耶尔来到这个班后，他好像就特别郁闷……"

"哈哈……其实那家伙很嫉妒莉耶尔的炼金术吧？"

"别、别说了，卡修。这事，说不定还真给你说中了。吉布尔对炼金术是有着绝对自信的嘛……也不输给希丝缇娜。"

教室外没有人气的走廊上——

格伦靠着墙壁抱着手臂站着，一边看着没有注意到自己的吉布尔快步离去，一边悄悄地叹了口气。

"也是，不是谁都能那么干脆地接受莉耶尔那种异常人呢……"

的确，托露米娅和希丝缇娜的福，莉耶尔比较顺利地融入了班级，但班上还是有几个像吉布尔这样的学生。

第二章
日渐混沌的日常

莉耶尔的能力毕竟太不寻常了。就算在帝国宫廷魔导士团里，她击破异端魔法师的数量也值得骄傲，是特务分室数一数二的王牌。那种力量是无法完全隐藏的。很多学生会本能地从莉耶尔身上感到恐惧。

格伦现在还没有给学生们讲明确的魔法战，但……在格伦班上是绝对不可能有人能打赢莉耶尔的。

而且，对学生们来说，那个应该比自己厉害得多的对手，却是个连初等魔法都掌握不好的差生。那种等级差别，在第一堂课里莉耶尔用大剑把青铜人砍成碎片时，就已经产生了。不管是谁，心里都应该很清楚，如果认真交手的话，肯定是敌不过莉耶尔的。那样一来，会伤害到想成为魔法师的学生们的自尊吧，尤其他们还年轻，受到的伤害会更大。

"总之……关于这个，也就只能交给时间来解决了吧？"

突然，莉耶尔她们的脚步声传了过来。

聊天告一段落，好像大家要回去了。

格伦一边挠着头，一边快步离开了这里。

这种问题不仅是在班级里产生了潜在的不协调。

果然，对莉耶尔也有影响。

事情发生在某一天。

"……"

莉耶尔双手抱着一叠资料，在魔法学院的走廊上走着。

在她后方约十几米，走廊角落的隐蔽处——

——莉耶尔……你是个只要去做就能做好的孩子啊……老师好高兴！

命令莉耶尔送资料，又悄悄跟在她身后观察，格伦一边做

着这种非常莫名其妙的事，一边感觉到眼角有些发热。

经过他身边的学院学生们投来惊讶的视线，格伦却毫不在意，一直从走廊的角落里可疑又热情地望着莉耶尔……

"格伦·勒达斯，你这混蛋，我可是听说了啊！你在黑魔法学的课上对学生们说我设计的咒文'不是实战向，没有效率'，然后就去掉了吧?!"

突然冒出来的哈雷把手套扔向格伦后背，发出怒吼：

"愚弄我至此的无礼之辈，你还是第一个！今天我绝对不会放过你！我要和你决斗！"

"啊，呃，那个……哈……什么前辈？"

格伦因为焦躁和紧张而脸色发白，动作僵硬地转向背后的哈雷。

"现、现在……那个……实在是不行……因为某种非常复杂的原因，现在要找我决斗可是非常不妙的……那个……我跟你道歉吧……"

"哼，你怕了吗？现在才想起来道歉，晚了！赶紧把手套捡起来！我就让你见识一下你所说的那什么实战向魔法！放心吧，我会给你留口气的！"

"啊，不是，那个，比、比起我的命……前辈你的命才是非常不妙啊，就和风中烛火一样……那个……你要是不马上取消决斗离开这里的话……和平的学院可就要成为惨剧的舞台了……"

格伦安抚着哈雷，想要控制住局面。可是，已经晚了。

"……什么事，格伦？这个人是……敌人？"

"出、出现了——"

看到突然从旁边出现的莉耶尔，格伦抱着头陷入了恐慌。

第二章 日渐混沌的日常

"哈、哈什么前辈?你快逃!快点逃吧——"

"为什么?小姑娘,你就是传言中说的那个转学生?我可是听说了,你的态度很差……"

哈雷摆出傲慢的态度想要教训莉耶尔。就在这一瞬间——

嗖的一声,凶恶的大剑剑光一闪,撕开空气向哈雷袭去。

同时,剑压将周围的窗玻璃全都吹飞,石造的墙壁上也出现了龟裂。

格伦立刻用扫堂腿将哈雷扫倒,哈雷这才得以逃过一劫,仅仅是头顶的头发被削去而已。若是格伦再迟一点,说不定哈雷的脑袋就不保了。

"什、什、什么——"

头顶变得如同镜子一样光亮的哈雷一屁股坐在地上,战战兢兢地抬头看着单手挥动大剑的莉耶尔。

莉耶尔依然是面无表情的困倦模样,而因为大剑那一次挥动所产生的剑压的余波,使得她周围走廊的墙壁都在连接不断地倒塌……

"呀啊——还那么年轻,发际线就有后移危险的哈雷老师的宝贵头发啊——"

"怎、怎么了?墙、墙壁塌了?刚才到底发生了什么事——"

在这样的嘈杂声里,在走廊上来来往往的学生们开始大乱。

"吵死了!别说我的头发!还有,你、你、你这家伙!刚、刚、刚才到底是用了什么魔法?难道,是用那把剑……不,这怎么可能!以常识来说,这不是剑能发出的威力吧!"

"常识对那家伙是不管用的!所以我不是说了请你快点逃吗?"

莉耶尔没去管惊慌失措的哈雷和格伦,有些得意地再次举起大剑。

"不用担心,他逃不掉的……交给我吧,格伦。我会把你的敌人……统统打倒。"

"莉耶尔,等一下——你冷静一点啊——"

"呀啊——救、救命啊——"

"放开,格伦。这样打不倒那家伙。"

"吵死了!我怎么能让学院里出现这种事啊!啊——真是的!露米娅和白猫去哪里了?快点来想想办法吧——"

……就这样,莉耶尔因为缺乏常识和感觉偏差,时不时就会引发不得了的大麻烦,对于格伦来说,这种一刻都不能松懈的日子一直持续着。

但,就算如此,如果要问起这种日子给莉耶尔带来的影响是好是坏的话,果然还是不用多说的……

对莉耶尔而言,每一天的所见所闻全都是如此新鲜。

偶尔,莉耶尔的脸上还会闪现出格伦从未见过的神色……似乎也未必不好吧。

第三章 远征学习旅行，出发

"别开玩笑了！这实际上不就是宣告拒绝我入会吗？"

这一天，帝国白金魔导研究所的所长巴克斯·布朗蒙非常激动地用拳头击打自己的办公桌。

"你也知道的吧？我为组织做出过多少贡献！不断地捐献过多少金钱！"

巴克斯现年四五十岁，有着和年岁相应的刻满皱纹的肌肤，头顶已经完全秃了，剩下的头发和嘴边的胡子也都露出白色。但，只有那一双眼睛，就像是在黑暗中盯上了猎物的肉食兽一般带着亮光。

"就算这样，也还是不认可我入会吗？意思就是不需要我的魔导之力？我的魔导之技和贡献，别说是第二团'地位'了，就连第一团'门'的标准也达不到吗？这个参加志愿者，我到底要当到什么时候？回答我，爱蕾诺雅阁下！"

巴克斯粗声粗气地向隔着办公桌站在对面的高雅女子——爱蕾诺雅咆哮着问。

"请冷静下来，巴克斯大人。"

但，戴着头饰，穿着围裙，一副佣人打扮的爱蕾诺雅只是微笑着，把巴克斯的愤怒当成一阵风。

爱蕾诺雅这身佣人服装，是身为天之智慧研究会的异端魔法师的她潜入帝国政府内当密探时穿的，但也是她喜欢穿的服装，她似乎对自己的这副打扮很满意。

"并不是大导师大人和第三团'天位'的各位都不认可您

入会，反而应该说，他们原本就对巴克斯大人您的力量有着很高的评价。以巴克斯大人您这样的实力，很快就能越过第一团'门'，达到第二团'地位'——而且，还会得到相当高的等级吧。只是……为了确认您对组织的忠诚是否真实，大导师大人才对您进行了考验。"

爱蕾诺雅依然微笑着，以高雅的样子淡淡地继续说道：

"对了……'Project:Revive Life'……等到巴克斯大人再次完成这个过去的魔法项目时，就能够正式成为我们天之智慧研究会的同志了。"

"所以我不是说了吗，这话的意思，事实上就是拒绝我入会啊！"

爱蕾诺雅的态度令巴克斯生出熊熊怒火，他再次叫喊道：

"你以为，在这个魔导大国阿尔扎诺帝国里被奉为白金术权威的我巴克斯·布朗蒙，会不知道那个'Project:Revive Life'是什么样的东西吗？"

"不不，我完全没有这样想过。"

"那个仪式魔法，是绝对天才炼金术师肖恩才能做到的究极禁咒法！"

"哎呀？巴克斯大人您的意思，是指您的力量比不上肖恩吗？"

"那怎么可能！我才是毫无疑问的真正天才！比起肖恩，我在每个方面上都要更优秀！但是……只有'Project:Revive Life'例外……"

巴克斯咬牙切齿地瞪着爱蕾诺雅。

"正如我刚才所说，'Project:Revive Life'是只有炼金术师肖恩才能做到的术……也就是说，那个禁咒法是近似于固有魔法的东西，不，可以说那就是炼金术师肖恩的固有魔法！是利用肖恩天生的魔法特性，只有他能做到的术式。换言之，除了肖恩之外，不可能再出现能够让那个禁咒成功的人了！你们连这种事都没发现就轻视肖恩，令煞费苦心的计划化为泡影！还把这个烂摊子推给我来收拾，到底打的什么主意？"

一口气说完这些，巴克斯呼哧呼哧地喘着粗气。他完全没有一丝冷静，眼睛里还充满了血丝。

"关于这个，您说的可真是太刺耳了。的确，正如巴克斯大人您所言，'Project:Revive Life'是可以称之为肖恩固有魔法的高度仪式魔法。现在肖恩已死，不可能完成这个禁咒……嗯，的确曾是这样。"

"……这到底是什么意思？"

听到爱蕾诺雅那一番颇有深意的话，巴克斯向她投以惊讶的视线。

"我们有头绪了。完成这个项目的头绪。"

"哼，少在这里胡言乱语了。怎么？你们该不会是想用'Project:Revive Life'把肖恩给复活了吧？哈哈！那不是本末倒置嘛！"

爱蕾诺雅完全不在意巴克斯的嘲弄，继续说道：

"……'感应增幅者'。"

"你说什么？"

"最近，阿尔扎诺帝国魔法学院的学生们要到这个魔导研究所来'远征学习'吧？"

"哦，那个无聊的活动啊。那又如何？"

"有一个'感应增幅者'就混在那些学生里面。只要利用那个学生的力量……"

这时，巴克斯放弃般地说道：

"就是因为这样，我才说你们是什么都不知道的外行！这种想法我早就试过了！你听好，感应增幅者只有强化魔法和魔力的异能，无法将理论上完成不了的魔法式导向成功！我在黑市上买过'感应增幅者'，拿来做过各种各样的实验，所以我可以断言，那是不可能的！"

"哎呀，巴克斯大人您可真是……看上去这么一本正经的人，居然也做过那么惨无人道的违法行为……呵呵，我好害怕啊。"

"哼！你有资格说这种话吗，混账异端魔法师！和你们做的事相比，我可是非常慈悲的。"

爱蕾诺雅咻咻地笑着，巴克斯轻蔑地俯视着她。

一般人绝对理解不了的疯狂就是他们的常态——他们都是神志清醒的。

"不过，在那一点上并没有问题。这次的'感应增幅者'是'特别'的……给。"

爱蕾诺雅从怀里取出一份卷好再施上封蜡的书信，递给巴克斯。

"……这是？"

"您看过就知道了。"

巴克斯不甘不愿地解开封蜡，将信展开。

看完那封信后，他惊愕得眼珠都快瞪出了眼眶。

"怎、怎么会——这、这是……不、不可能……这种事……"

"呵呵，您觉得如何？"

"呃……可、可是……这、这是真的吗？"

刚才狂吼乱叫的样子都不见了踪影，现在的巴克斯因为太过吃惊而脸色发青。

"请您看看这封信下方的烫金图案。"

"双生子的印章……这、这难道是大导师大人直接……那么，这上面写的事……"

"嗯，是事实。"

爱蕾诺雅打了个响指，巴克斯手上的书信立刻燃烧起来，一瞬间就烧成了灰烬。

巴克斯对此并没有表现出特别吃惊的样子，而是已经心不在焉地沉思了起来。

"关于那个'Project:Revive Life'，我们组织也积极地探讨过。而第三团'天位'的各位大人也对巴克斯大人您抱有很大的期待。"

"可、可是……"

"请不要担心。关于压下'感应增幅者'的身份这一点，都已经'准备'好了。在目标人物'感应增幅者'的周围，混有帝国宫廷魔导士团的老鼠，不过，那也没什么影响吧。另外，让我给巴克斯大人介绍一下这次的杰出协助者。"

"……协助者？"

"嗯。"

爱蕾诺雅再次打了个响指。

接着，房间的门被打开，一名青年走了进来。

那是一名身穿白色法袍的青年，有着一头在阿尔扎诺帝国里很少见的蓝色头发。

"初次见面，巴克斯先生。"

青年温和地施了一礼。

"你是谁？"

"哎呀？您不认识我吗？既然巴克斯先生对那个绝世天才炼金术师肖恩和'Project:Revive Life'很了解，那我想，您当然也应该知道我的名字才对……真是没办法，我的名字是——"

"不，等下……我见过你……"

巴克斯看着青年，表情渐渐变得像是看见幽灵一样。

"从那边组织里流传出来的，和肖恩的'Project:Revive Life'有关的魔法师的资料，里面有画像……没错，我记得……难道你……是那个肖恩的搭档？你还活着？"

蓝发青年微微扯起嘴色，爽朗地笑了。

"当然，身为第二团'地位'末席的我，也会尽全力协助巴克斯大人的。"

"……"

巴克斯沉默了。

他不得不承认。特别的"感应增幅者"，肖恩的共同研究者，以及有天之智慧研究会做后盾……现在聚集了过去没有过的好条件。"Project:Revive Life"这个绝对不可能攻破的根据地眼看着就要攻陷。

"怎么样？这件事……您能接受吗？只要您还希望加入我们组织……您也很期待吧？由被选出来的魔法师们统治和支配的新世界，以及……伟大天空的智慧——《禁忌教典》。"

"……"

"请您下决断吧。一切的光荣和智慧，都已经摆在了巴克斯大人您的眼前。而且，您也拥有将其拿到手的权力和资格。"

爱蕾诺雅带着和蔼的笑容，向沉默的巴克斯恭敬地行了一礼。

第三章
远征学习旅行，出发

另一边。

阿尔扎诺帝国魔法学院，二年级二班的教室里。

"总之，就是这样了……"

现在是放学后的课外活动时间。

格伦带着一脸嫌麻烦的表情站在讲台上。

"接下来，是关于你们马上要受训的'远征学习'的指导……真是的，什么'远征学习'啊……不管怎么看，这都是全班一起出去玩的'出门旅行'吧……"

"啊，老师真是的！请你认真一点啊！"

看到格伦一副没干劲的态度，希丝缇娜立刻站起来大声说：

"而且，'远征学习'既不是游玩也不是旅行！它的目的是前往阿尔扎诺帝国在各地运营的魔导研究所参观学习，和听取有关最新魔法研究的课程，是很有必要的必修课之一……"

"是是，没错没错。谢谢你那仔细贴心的说明。"

面对立刻进入说教模式的希丝缇娜，格伦厌烦地挠着脑袋耷拉着头。

正如希丝缇娜所言，"远征学习"就是学院为了那个目的而开设的课程，是希丝缇娜她们这些二年级学生的必修课之一。但是，格伦说的也没错，除了听课和在研究所参观学习之外，也还有很多自由时间，透露出旅行性质这一点是无法否认的。话虽如此，但平常学生们只待在学院和费吉特，"远征学习"也算是强制让它们离开费吉特，到外面增长见闻。

顺便一提，"远征学习"课程的开设是因班级而异的，每个班的开设时间和前往地点都不同。考虑到各班的课业进度，做接待的魔导研究所的工作预定，能够接待的人数等各方面都会有所调整，这也是当然的。毕竟总不能让二年级的所有学生都一起去打扰同一间研究所。

"对方也是为了我们才在百忙当中抽空,老师你也要拿出作为我们的领导者的自觉来啊——"

"是是是是,我知道了我知道了!你就放过我吧!"

就在格伦被希丝缇娜说教的时候,班上的学生们也纷纷聊着"远征学习"的事。

"塞西尔,这次我们要去的地方是那个吧?呃,我记得是叫黄金魔导……"

"哈哈哈,不是啦。是叫白金魔导研究所。"

"啊,对对,是那个。说到这个啊,比起白金魔导研究所,我更想去坎塔列的军事魔导研究所看看。"

"这也没办法啊,卡修。要这么说的话,我也一样啊,我觉得伊特利亚的魔导工学研究所更好。"

尽管学院也会大致上调查一下各班希望去的地点,但也没办法满足每一个人的期望。最后会去哪里的研究所"远征学习",完全只能说是看运气了。

必然地,班里的学生们都就开始聊起还是哪里哪里好之类的话题。就在这时——

"哼……真是天真啊,那边的男生们。"

耳尖地听到那些对目的地不满的声音,格伦浮现出一抹轻蔑的笑容。

"你们总想着自己运气不好,别的地方更好。但是,要我说的话,你们很幸运。毫无疑问,你们绝对是得到了幸运女神的超多宠爱!"

"咦?"

"冷静下来好好想想,白金魔导研究所到底在哪里……"

第三章
远征学习旅行，出发

白金魔导研究所正如其名，是研究白金术的设施。

所谓白金术，就是利用白魔法和炼金术来进行生命之谜相关研究的复合术，而要展开研究实验就不能缺少大量干净又优质的水。

因此，白金魔导研究所就建在了从地脉关联上容易得到优质水的塞涅利亚岛上，因此……

"……啊！塞涅利亚岛的休闲沙滩也很有名！"

"难、难道……"

塞西尔无奈地苦笑起来，但卡修和其他男生们都双眼放光地站起身。

"哼……你们终于察觉到了啊。而且，这次'远征学习'的自由时间还挺多的，虽说季节还早了点，不过塞涅利亚岛周围因为灵脉的关系，全年的气温都很高，所以去到那边可以进行海水浴……再加上，我们班上高水准的美少女又那么多……剩下的嘛，你们懂的吧？"

"老、老师！"

"不要对大家说，默默跟着我就行了。"

"是！"

现在，负责这个班的讲师格伦和学生们（仅限于一部分男生）之间，诞生了奇妙的共鸣和友情。

"这个班是笨蛋的巢穴吗……"

"啊哈哈……"

"……嗯？"

希丝缇娜无奈地叹了口气，露米娅苦笑起来。

坐在两人身后的莉耶尔不可思议地微微歪着头。

就在这样的期待中，二班的"远征学习"终于到来了。

在太阳还没有升起，昏暗的天空带着朝雾时，身穿校服、背着旅行包的学生们就在魔法学院的中庭集合了。

"呼，终于……感觉整个人都兴奋起来了！"

"哼。你还真是一点没变啊，卡修。我们可不是去玩的吧？"

"真是的，你也是一点没变，就是无聊的家伙啊，吉布尔……"

"白金魔导研究所……是……什么样的地方？"

"那里在进行有关生命的魔法研究，我也只知道这一点……如果不实际去看看的话，也说不出个甲乙丙丁来。"

"喂……我要在这次远征学习里向我喜欢的温蒂大人告白……"

"你还是放弃吧，阿尔夫。她对你来说就是一朵高岭之花……我只能看到你被惨烈炸死的未来。"

明明还只是清晨，但大部分的学生们都洋溢着热情和活力，镇定不下来。

格伦一边为学生们和自己的心情差异感到眩晕，一边公事公办地点名：

"所有人都在了吗？在了吧？那么，出发了哦？"

之后，在身为班主任的格伦的带领下，班上的学生们分成几部分，搭乘上安排好的几辆马车——用于在都市间来往的大型马车，出发离开费吉特。

马车从费吉特的西市壁门出发，顺着延伸向西南的街道走。

学生们随着马车摇晃，迎接他们的光景是描绘出缓缓起伏的广阔草地。带着微微黄意的嫩草地毯一直向远处延伸，和小山丘相连，和郁郁葱葱的繁茂树林一起构成了地平线的尽头。

第三章 远征学习旅行，出发

散落在草地各处的白色绒毛团是羊，剪毛前的毛茸茸的羊群密密地聚在一起吃草，偶尔还能望到渐渐离开羊群的羊被牧羊犬追上去，然后被赶回羊群里。

这个时间段，气温有些低，空气很清新，天气也很好。天空中像棉花糖一样的云随着温和的风慢慢流动，看过去就会有种连时间也跟着变慢的感觉。

这里是一片田园诗般的和平风景。

"这么轻松悠闲，真是好啊……"

希丝缇娜将手支在马车的窗框上托着腮，看着窗外的风景入了迷。

对于平常很少离开费吉特的她来说，这样的风景的确难得一见。

"是啊……在学院里每天都要赶时间，现在这样可真是安详。"

双手并扰地端庄坐着的露米娅，也带着温和的表情眺望外面的风景。

"是吗，我不是很明白。"

听到两人的话，坐在露米娅旁边的莉耶尔困倦地低声说。

"莉耶尔经常出城吗？"

"……嗯，经常。"

听到莉耶尔这出乎意料的回答，希丝缇娜条件反射地问道：

"咦，出城做什么？难道是旅行？"

"不是，是去战斗。"

瞬间，希丝缇娜诅咒了下愚蠢的自己。莉耶尔可是在这个年纪就成了宫廷魔导士，只要稍微想一想，那样的事很轻易就能猜到。

101

"我出城的时候,都是因为任务或命令去战斗的时候。"

这么说着,莉耶尔那张小巧的脸上依然带着困倦,没有什么表情,完全看不出一点感情。她是觉得作为军人的那种日子很辛苦,还是真的什么感觉都没有……就连这一点都看不出来。

因此,希丝缇娜也不知道该怎么安慰,不由得哑口无言。

"是这样啊。那么,这是你第一次不是因为任务或命令而出城了?"

露米娅拍了下手,爽朗地说道。

"大概是的。"

"那么,你就好好期待吧,莉耶尔。这次的外出一定会很愉快的!"

面对露米娅无忧无虑的笑容和话语,莉耶尔眨眼的次数好像增加了……

"……嗯,我知道了。"

她冷淡地这样回应。

——果然还是赢不过露米娅啊。

希丝缇娜一边苦笑,一边看着她们两人。

学生们或是享受着风景或是闲聊,偶尔也兴高采烈地打个牌,有时也打个瞌睡,马车就这样默默地在街道上前进。设置于街道一定区段的地方有被称为阶段站的停车站,在那里换马和休息后,又继续在街道上前进。

终于,太阳下山,夜晚到来,这一天大家都要在摇晃的马车里睡觉。

在学生们睡觉的期间,马车也继续在街道上前进。

第二天正午。

第三章 远征学习旅行，出发

马车到达了位于费吉特西南的城市希霍克。

希霍克是漂荡着海滨味道的港城。沟通帝国西海岸上各主要都市及周边岛屿的班轮来来往往，这里是阿尔扎诺帝国约克夏地区的大门。还时常有从帝国沿岸各地和国外来的货船出入，这里也是物资集中起来发往约克夏南部的重要交易据点之一。

到达了希霍克的二班学生们在马车的停车站暂时解散。大家有一小时自由时间各自吃饭休息，然后在码头集合，前往白金魔导研究所所在的塞涅利亚岛。

接着——

"……好慢！"

展现在眼前的是描绘出宽广水平线的大海，还有停泊着的大型帆船。

希丝缇娜焦躁地摆弄着机械式怀表。

"都已经过了集合时间了！那家伙到底溜达到哪里去了啊？"

"好了好了，希丝缇。虽说过了时间，但也只是过了五分钟……而且，距离船起航的时间也还早……"

"问题不在这里！问题在于他没有在规定的集合时间出现！"

露米娅想安慰希丝缇娜，但希丝缇娜完全听不进去。

希丝缇娜望了下四周，学生们已经全都集合在这个码头上了。

现在的情况是大家已经点好了名，就等着格伦出现了。

而周围完全没有格伦的气息，这时，莉耶尔也开始心神不宁起来。

"……我去找。"

103

低声留下这句话，莉耶尔就要向城市的方向走，却被露米娅拉住了手。

"等一下，莉耶尔。虽说这不是个大城市，但对于找一个人来说，范围还是太大了。要是你们走散了也会很麻烦，还是和我们一起在这里等吧，好吗？"

"可是……"

莉耶尔那双困倦的眼睛里闪过不满。

和刚来到魔法学院时相比，莉耶尔那种不经考虑就立即行动的次数已经变得很少了，但这样下去的话，她还是会冲出去找格伦的吧。如果莉耶尔真的有那个意思，露米娅和希丝缇娜是完全阻止不了的。

"啊，真是的！提前十分钟行动，这是社会人士的常识吧？今天我一定要好好教导他一番才行！"

看到莉耶尔的样子，希丝缇娜更加焦躁地喊起来。这时——

"嘿，那边的几位小姐，能打扰一下吗？"

带着轻薄语调的声音从希丝缇娜她们背后传来。

三人不解地转回头，看到有个青年在那里摆着装腔作势的动作。

偏蓝的长黑发扎在脑后，眼角架着太阳镜，头上戴着高高的礼帽，身上穿着有点潇洒的双排扣长礼服，手里拿着拐杖，这么个一身华丽打扮的青年，一看就是个不知疾苦的富家公子，带着一副花花公子的派头，正露出轻薄的笑容。

"怎样？"

青年自来熟地把手搭到露米娅的肩膀上。就在这瞬间——

"……你有什么事？"

希丝缇娜立刻从旁边挤过来，挥开他的手，像是把露米娅和莉耶尔保护在身后般地站着,非常不高兴地瞪着那个青年。

"哎呀,小姐们还真是可爱啊。啊!这身校服,是弗吉特的魔法学院的校服吧?对吧对吧?你们来这种地方干什么?"

希丝缇娜一边为青年这种太过分的自来熟感到不快,一边还算不失礼地回应:

"我们是因为学院的'远征学习'才来这里的,现在正在等去往塞涅利亚岛的班轮启航。"

"哦?这样啊,原来你们在等开船?这可真是巧,其实我也有事要去塞涅利亚岛。啊哈哈,是不是有种命运感?你不这样觉得吗?"

"……我不觉得。"

希丝缇娜冷淡地不接话,青年却依然缠着她不放。

"哎呀,能像这样遇到也说明我们有缘嘛!距离出发还有点时间吧?在那之前,要不要和我说说话?要不要我请你们吃点什么?"

"恕我拒绝。"

"啊哈哈,别说这么冷淡的话嘛。就一下下,好吧?"

青年实是太烦人,希丝缇娜的焦躁已经到了极限,原本她就最讨厌这种随便搭讪女人的家伙。这样一来只好不惜用魔法把对方打得爬不起来——就在希丝缇娜做好了这种准备,正打算对青年怒吼的时候——

"好了,停下。"

突然冒出来的格伦从背后抓住了那个花花公子的脖颈。

"咦?怎、怎么回事啊你?别来打扰啊!这是我和这几位小姐们的私事……"

格伦华丽地无视了青年的话,将目光转向露米娅和希丝缇娜。

"啊，抱歉，我回来晚了。白猫，之后我再听你说教。"

"老、老师……"

"我要和这个小哥去稍微'谈一谈'。出航之前我就会回来的，拜托你带好班上的人了。"

淡淡地这么说完，格伦就抓着青年的脖颈强硬地把他拖走了。

"呀啊——反、反对暴力！小姐们，救救我——"

青年一边发出惨叫，一边随着格伦一起消失在了道路对面的小巷子里。

"唉……真是的，怎么回事嘛，那个人。而且，还真是哪里都有那种古怪的家伙啊……"

说不好是无奈还是无情，希丝缇娜深深地叹了口气。

不过，她很快注意到了有些呆愣的露米娅，又问：

"……怎么了？露米娅。"

"没什么，就是觉得……那个人，我好像在哪里见过……"

随后——

昏暗的、带点潮湿的、没有人影的小巷子里。

"你把我带到这种地方来，是想干什么？快、快住手！暴力是不好的吧！呀、呀——连我父亲都没有打过我！"

看着战战兢兢双腿发软的青年，格伦叹息地说道：

"你也该玩够了吧……是有什么事吗，阿尔贝特？"

"……"

接着，青年之前那种害怕的窝囊样子立刻消失无踪。他自然地挺起背，扔掉高礼帽和太阳镜，把绑在脑后的头发解开。

第三章
远征学习旅行，出发

这时，现场的气氛猛然一变，有种周围的温度下降了几度的感觉。

此前一直藏在太阳镜后的那双鹰一般锐利聪明的眼睛，仿佛能看穿人心深处，如今正用目光贯穿格伦。

这副样子，毫无疑问，正是格伦待在帝国宫廷魔导士团时的战友，特务分公室执行者No.17，代号为"星"的阿尔贝特。

"……好久不见了，格伦。从上次的魔法竞技祭——王室亲卫队失控事件以来。"

阿尔贝特的语调还是老样子，对他人有着强烈的排斥，给人感觉到彻骨的寒冷。如果是不习惯的人，光是听到阿尔贝特的声音就会紧张起来了吧。

但——

"……怎么了？"

"没……就是有点……"

格伦抱着头，靠在小巷子的墙壁上。

"虽然我知道，你这家伙只要是为了任务，就能完美扮演社交界的绅士、轻浮的花花公子、城市里恶名昭著的小混混，但……这么久没见，你这种演技和本性之间太过巨大的差别真是让我眩晕……"

"哼，你颓废了。精神修炼不足。"

阿尔贝特冷冰冰地截掉格伦的话。

——你才是，为什么要来当魔导士？去当演员啊……

格伦把这句想说的话憋了下去，继续说道：

"哦，原来如此。看到你，我才终于理解为什么要选莉耶尔来护卫露米娅了……那家伙是诱饵吧？"

"回答正确。派过去那么简单易懂又不细致的警卫，就是

希望袭击者的动作也会变得不细致。那个王女的真正警卫是我。这是在军中也只有一部分人知道的机密任务。我在比较远的距离警戒王女四周，能尽早察知敌人不小心的举动，秘密处理掉。如果能反过来抓住那些家伙的尾巴就更好，这就是预定的作战计划。不过，对手是那个组织，我倒不觉得这种小聪明能行得通。"

"放心吧，就算这样，也比不做的好。反过来说，现在也只能用这个法子了啊……"

但，这样一来，在实际的战力分配上，事实上就是特务分室的两个王牌级魔导士（虽然有一个完全不适合护卫任务），在表面上只是护卫一个市井平民，这在战力分配上可以说是破例了。敌人也好己方也好，也都没有无限的战力。

"原来如此，那我就放心了，非常放心。之前知道这件事被交给了莉耶尔时，我还以为特务分室是自暴自弃到发疯了呢……"

是这样的话，那么，起用莉耶尔当警卫的理由的确也就不是不能理解了，不过……就不能再想想别的办法吗？格伦疲惫地叹了口气。

"……那么，进入正题吧。你出现在我面前的理由是什么？"

"……"

"用你的话说，你任务的关键是'不被任何人察觉'。也就是说，应该连自己人都骗过，彻底不出现才对。可你抛开了那个，和我直接接触了，为什么？"

听到格伦这么问，阿尔贝特郁闷地沉默了一会儿后……

"……你要留心莉耶尔。"

他这么说道。

"……啊？莉耶尔？"

格伦听得一脸吃惊。

"喂喂，我已经够留心的了。为了让那家伙不失控，你知道我有多辛……"

"不是那个意思。莉耶尔……那个女人很危险。"

听到阿尔贝特这种毫不客气的说明，格伦微微挑起眉头。

"……这玩笑可不好笑。莉耶尔是同伴吧？"

"嗯，是的。但是，应该只有我和你知道莉耶尔的危险性。"

"……呃！"

被阿尔贝特如此干脆地指出，格伦不禁沉默了。

"……那已经是过去的事了。现在的莉耶尔……就是莉耶尔，是打垮过许多异端魔法师的特务分室的王牌。除此之外，她不是其他任何一种人。"

"这只不过是你自认为如此吧？我话说在前面——就算到了现在，我也认为应该立刻处理掉莉耶尔，或是封印她。"

"喂……就算是你，继续说下去的话我也不会轻饶你哦！"

格伦这句带着警告之音的话说出来，现场的气氛瞬间就僵住了。

格伦和阿尔贝特都用激烈的视线瞪着彼此，一步不退。

"……哼，你还是这么天真。"

这几秒种的时间仿佛特别久，最后，先让步的是阿尔贝特。当然，他并不是怕了格伦，而是判断出继续下去也只是浪费时间罢了。

"算了。总之，我警告过你了。之后也只能祈祷你在紧要关头不要犹豫。"

最后，阿尔贝特冷冰冰地扔下这句话，匆忙捡起掉在地面的眼镜、拐杖和高礼帽，再次戴在身上。

就在格伦面前，他快速地绑好头发……

"那么，可怕的小哥，再见啦！"

"……嗯，这演技真是太棒了。让人超越无语地献上尊敬。"

阿尔贝特嘻嘻一笑，留下轻薄的台词离去。

看着他的背影，格伦再次感到一阵眩晕。

载着二班学生们离开希霍克的班轮，张开四根桅杆上的七张大帆，航行在向着西南偏西方向的航路上。

海滨的味道，晴朗的蓝天。

水平线在远处灿烂闪耀，宽广的海洋一望无际。

舒服的风缓缓地吹着，温柔地抚过肌肤和头发。

"哇……"

很少坐船的希丝缇娜似乎被海洋的宽广壮观震撼到了。她站在船头，身体从扶手往外探，一边用手按着被风吹起的头发，一边久久地眺望着海上的光景。

眼角能看到船头强力地划出高高的波浪，像这样一直看着大海，不知为何，人就会生出一种虔诚的心情——原本应该是那样，但——

"呕——"

"……真是糟蹋。"

看到装点着起伏白浪的美丽大海被呕吐物弄脏，希丝缇娜握紧拳头，太阳穴在一抽一抽地跳动着。

"喂，老师！请不要玷污我们的感慨！"

在距离船头没多远的普通甲板上，格伦就如同晾晒的衣物般靠着船边的扶手，希丝缇娜对他发出责备的声音。

第三章 远征学习旅行，出发

"吵死了！这也是没办法的事吧！呕……"

格伦脸色煞白，无精打采，带着怨恨的表情向希丝缇娜提出抗议。不过，他很快又捂着嘴，再次向海面探出身子。

"你、你没事吧，老师……"

露米娅走近格伦身边，担心地抚着他后背。

"……老实说，很有事……我好想哭……呜，可恶……所以我才讨厌坐船……发明出这种东西的白痴到底是谁……"

格伦把胃里的东西几乎都吐尽了，才终于舒服一些，懒洋洋地背靠着船边的扶手抱怨道。

"老师，这个给你，是刚才船员给我的。"

"……苹果啊。"

"嗯，听说能缓解晕船哦。不介意的话，你试试吧？"

"……老实说，我没食欲……"

露米娅勤快地照顾着站不稳的格伦。

希丝缇娜一边叹气，一边看着他们两个。

"不过，这还真是出人意料的弱点啊……总觉得很不相衬……明明那么厚脸皮。"

"希丝缇娜。"

被叫到的希丝缇娜回过头，看到莉耶尔站在那里。

仔细一看，莉耶尔的表情好像有些焦躁——乍看上去还是面无表情，但最近希丝缇娜总觉得似乎能看出她心里的微妙之处——她向希丝缇娜问道：

"……格伦怎么了？难道是……生病了？"

"和生病有点不同。怎么，你担心老师？"

莉耶尔微微点头，是只有注意看才能勉强看到的程度。

希丝缇娜一边觉得这样的莉耶尔让人欣慰，一边安慰她道：

111

"没事的，莉耶尔，那只是晕船。"

"……晕船？"

"乘船的时候，有些人会有这种症状……不用担心的。只要下了船，他立刻就能恢复了。"

"……这样啊。我不是很明白，不过……是因为船的关系？"

"呃，总之，差不多是这样吧。"

"这样啊……我明白了。"

接着，像是认可了一般，莉耶尔转过了身。

"我去把这艘船弄沉。"

"啊？"

莉耶尔就这样飞快地走下了设置在甲板一角的通往船底的楼梯。

"喂——等、等一下！大家！快阻止莉耶尔——"

果然，在船上也出现了大混乱。

从希霍克出航后，过了几小时。

终于，船到达了塞涅利亚岛。

"……这里就是塞涅利亚岛啊……"

和班上的学生们一起，希丝缇娜从船的舷梯上走下，站在由石板无缝并排而成的码头上，感慨万端地环视着四周。

海风很强劲。希丝缇娜用手按着被风吹起的头发和翻飞的衣摆，仰望天空，耳里听着雄壮的波涛声，和天空中海猫的鸣叫声。现在已经是黄昏时分，靠近水平线的太阳在燃烧着，给世界染上深深的金黄色。

突然，希丝缇娜将目光转向岛的中央。

弧线形的岛的中心部分形成了复杂的溪谷，洋溢着绿色大自然的气息。

帝国本土的主要植被是针叶林,不过在这座岛上似乎是以叶形独特的阔叶树为主体。就算是这种细微之处,也能感觉出自己长途跋涉地来到了和平常完全不同的地方,希丝缇娜不由得百感交集。

她接着移动着视线,目光从自己的脚边沿着海岸转向岛的另一端,缓缓弯曲的白色沙滩远远地延伸出去,在那尽头大概是面向游客发展起来的小镇吧,能望到挺漂亮的建筑物胡乱竖立着。

就在这时——

"老师,振作点……"

"啊……呜……"

被露米娅和莉耶尔架着双手的格伦摇摇晃晃地从舷梯下到了码头上。看到他那站不稳的样子,希丝缇娜心里那些感动也好感慨也好,全都被破坏掉了。

"真是的……就不能让我多陶醉一会啊,一直都不体贴……"

"吵、吵死了……混蛋白猫……你明白这种痛苦吗……呕……"

看到格伦这种太过没用的样子,先下来的学生们都只能发出苦笑。

"本来啊!人从一生下来就是和大地待在一起的生物!人类是大地的孩子!离开了伟大的大地,人是活不下去的!在土地里扎根,和土地共存,而最终也会回归土地,这是人的宿命……这才是由土地产生的天理之环,是生命的圆环!搭乘被称为船的薄薄碎板离开大地出海,这种事,作为人来说,作为生命来说，就有着根本性的错误！"

"……只不过晕次船，哪里能扯出这么宏大又夸张的话！"

格伦竟然能滔滔不绝地说出这种诡辩歪理，希丝缇娜也算是佩服他了。

"老师……既然你坐船会这么难受，那把远征学习的目的改成别的地方不就好了吗……比如说，如果是伊特利亚的军事魔导研究所，明明就可以全程搭马车。"

露米娅苦笑着这么说。正如她所言，一个月前，在关于远征学习的目的地的意愿调查中，班上对候补目的地进行了表决，当时军事魔导研究所和白金魔导研究所得到了相同的支持票数，而投出决定性的最后一票的，不是别人，正是格伦自己。

面对着不可思议地歪着头的露米娅，格伦以前所未有的认真表情这样回答：

"美少女们的泳装模样要优先于一切。这是当然的吧？"

周围的男生们扬起"哇"的感叹声。

人类，如果白痴得突破了极限，也能不被轻蔑，反而是得到很多人尊敬啊。

把苦笑着的露米娅、一脸无语的希丝缇娜、困倦的莉耶尔扔在一旁，那件手没有穿进袖子里，只是披在肩上的法袍呼啦呼啦地翻飞着，格伦带着满含忧愁的目光远远望向夕阳燃烧下的水平线。

"就算这里是三国纷争的最前线……我也要选择这里。"

海风将法袍吹得飞舞摆动的那个背影，就只是酷炫而已。

真的是完全没有内涵。但——

"老、老师……你真是个男子汉……"

"我要追随老师一辈子！"

但，在那样的格伦背后，有一部分学生（主要是男生）的泪腺似乎被直击了。

看到格伦那副仿佛为信仰殉道的求道者般的身影，一部分感动至极的学生们都哗啦啦地流下了热泪。

"真是的！全都是笨蛋啊！说起来，我们班的男生，是不是自从老师来了之后，那劲头就渐渐变得越来越奇怪了？"

面对这样的同学，希丝缇娜不得不生出一抹不安。

"行了，老师！别说蠢话了，赶紧去预定要住宿的旅馆吧！"

希丝缇娜和学生们开始匆忙地离开这里。

从这里到预定住宿的旅馆只要沿着海岸直线走，不用担心迷路。

"喂喂，你们走得太快了。我可是个半死人，照顾一下我啊……"

格伦一边叹着气，一边开始慢吞吞地迈着无力的步子。

就在这时——

露米娅悄悄地靠近格伦，小声地对他耳语道：

"你是希望我们不要接触太多军方的魔法吧？谢谢你的关心，老师。"

"……你在说什么？我只是想看到你们穿泳装的样子而已。"

一瞬间的沉默后，格伦突然像闹别扭般地把脸转向一边。

"不过，虽说那原本就是不可能的事，但打个比方说，假如万一是那样，那也是一种强加给别人的自我主义。那可不是能让人满意的东西。"

"就算如此，老师在为我们着想这一点也是一样的。"

"……所以我都说不是啦。"

露米娅别有深意地笑了起来。

"我明白了。就当成是那样吧。"

"……哼。"

格伦绷着脸，不高兴地哼哼，露米娅则是像看不坦诚地别扭的弟弟般看着他。

塞涅利亚岛码头周围，面向游客的观光街的一角，坐落在这里的就是魔法学院的学生在这次远征学习时要住宿的旅馆。

帝国历中有一段被称为"华尔托利亚朝"的古老时代，这家旅馆就是以那个时代流行的古式建筑式样来建造的，分为本馆和别馆两栋宅邸，就像拥有领地的地方贵族在自己领地里建造的郊区大宅般，同时拥有壮丽和怀旧的两种风格。

其要点，和以锐角屋顶为特征的"沙桑朝"式——费吉特的建筑物里主要使用的新式建筑式样——不同，是以各种别出心裁的拱桥形装饰和尖塔、石柱等为特征。顺带一提，魔法学院的校舍也是这种"华尔托利亚朝"式。

豪华的吊灯从入口大厅那高高的天花板上垂下来，橡木质的旋转楼梯的扶手上有着花和果的雕刻，走廊的墙壁上装饰着画和金制烛台，地上还铺着地毯。

和魔法学院校舍不同的华丽装潢让学生们惊叹不已，而在进到分配给自己的房间的一瞬间，卡修就激动地扑到了床上。

"呀哈！呜哇！好舒服！什么啊，这张床，真是软得一塌糊涂！和我在费吉特学生街租住的便宜房间里的床真是天壤之别啊！"

"真是……你这个吵死人的家伙。别嚷嚷了。"

"啊哈哈，你太胡闹的话，会惹人生气的哟，卡修。"

第三章
远征学习旅行，出发

一脸无奈表情的吉布尔和带着苦笑的塞西尔也走进了房间。

这两人和卡修住在同一间房。学院的学生们大体上都是这样，三四个人分在一间房间里。

"喂，吉布尔，接下来的安排是什么来着？"

卡修一边在床上翻来滚去一边问。

"……你自己看看事先发下来的日程表就知道了吧？"

吉布尔一边推着眼镜一边嫌麻烦地发牢骚。

"那个啊，我忘在家里了。"

"你可真是……"

吉布尔放弃般地叹了口气。

"今天已经没有安排了。之后就是在大厅吃饭，然后洗澡，就没了。"

"哦？"

"其实要说起来，明天也没有什么安排。包含出发当天在内的三天，考虑到天气等因素有可能会拖慢行程，就把安排制定得很宽裕。名义上，是在岛上四处走走，调查岛的生态和灵脉——话虽如此，但事实上，可以把明天当成自由时间。"

"哦？"

"真正的远征学习是从第四天开始的，是这次远征学习的重点，到研究所参观学习。第五天一整天都是听课，第六天自由活动，要在岛上游玩或者逛逛旅游景点的话就是在那个时候了。而第七天就是再次经过海路和陆路回费吉特。"

这就是格伦班级的学生们在整个"远征学习"课程里的主要行程。这十天左右的旅程在"远征学习"里算是比较短的了。根据研究所所在地的不同，有时在路上要花去不少时间，也有过费时半个月以上的长途旅行的情况。

"原来如此原来如此……我知道了。"

接着,卡修带着无畏的笑容站起身。

"往返研究所好像会很辛苦,明天晚上肯定没空了,而且第五天听完课后也一样。话是这么说,但也等不到第六天。果然,要有动作的话就是今天了吗……"

"有动作?卡修,你到底想干什么?"

女生相的小个子少年塞西尔不可思议地插话问道。

"那还用问吗?当然是在晚上悄悄潜进我们班女生们住的房间里去玩啊!这不是魔法学院远征学习的传统活动吗?"

看着用力握紧拳头的卡修,吉布尔和塞西尔都一下子歪了头。

"呃,是传统活动吗……"

"……哼,真无聊。"

"无聊是什么意思,嗯?这才是男人的浪漫!我可是为了这一天而努力节省生活费,买了卡牌游戏和桌游哦!"

"可是,如果被发现的话,就麻烦了吧?虽然我觉得老师也不是那么严厉……"

"呵……不用担心,塞西尔。被发现又怎样……那可是我的夙愿啊。比起因为没有做而后悔,我还是要选择做了之后后悔……"

卡修露出了下定决心前往绝境的男儿表情。

"怎么样?你们不一起来吗?"

"哼,少开玩笑,蠢死了。"

"我、我也不去了……总觉得,有不好的预感……"

"哼,真没办法。说起来,你们也不是那种性格的人。算了,

第三章
远征学习旅行、出发

等下我再去约罗德和凯一起吧……"

接下来——
学生们在大厅里集中，吃完了饭，又交替使用浴室。
时间已经很晚——到睡觉时间了。

"那么，开始行动。"
在分隔本馆和别馆的中庭树丛里，卡修如此宣言。
"把我们男生住的别馆，和女生们住的本馆，直接相连的中庭的回廊……这个果然是不能用的，被人看到的危险性太高了。"
跟在卡修身后的罗德和凯等人，共七个男生都点了点头。
"因此，我们必须要绕到背后的树林，爬到树上从窗口侵入房间内。放心吧，路线和谁在哪个房间这些情况，我都已经调查好了。"
"你、你什么时候……"
"真、真不愧是卡修……准备得真妥当。"
大家都一脸赞叹地看着卡修。
"可、可是，格伦老师有没有可能去巡查？"
"这个也没问题。我向一部分好说话的女生委婉地试探过，接下来的三十分钟内，老师会巡查背后树林的可能性完全是零。"
"厉害……太、太完美了！"
"让、让我叫你大哥吧……"
"呵，还早，要说感谢还太早了，大家……"
卡修露出无畏的笑容。

"一切都等我们潜进女生们的房间,度过了美梦般的一夜之后再说……对吧?"

"没、没错……我……要和莉耶尔玩一个通宵的双六……"

"什么?你太狡猾了,凯!我也要参加!"

"西萨,我要和露米娅玩扑克!"

"啊,比克斯,我要趁这次机会和琳多说说话!"

"我好想被温蒂大人痛骂'你这个无礼的家伙'啊……还想玩国王游戏来当奴隶……"

"希丝缇娜嘛……她就算了吧。估计会被狠狠说教。"

"嗯嗯。"

"好了,走吧!做好心理准备好了,各位?天堂就在眼前了!"

"喔!"

以卡修打头阵的男生们气势汹汹地开始了行动。

……

……真是很厉害。

卡修甚至逃掉了吃饭,事先做好周围调查,这一结果可不是吹牛的。

他们以意想不到的本领穿过建筑背后错综复杂的杂树林,那样子简直会让人想起帝国军的秘密部队,根本就不像学生。

这一切,都是为了至少能和可爱的女孩们一起热闹地玩上一夜,也是正值这个年纪的少年正常的表现吧。

但——

"这、这不可能!"

树林里突然出现了一个裂开的圆形空间。

"为、为什么你会在这里——格伦老师!"

仿佛在说"我正在这儿等着"一般,格伦抱着手臂叉开双腿站在那里。

"天真……太天真了。就像是在巧克力上淋了生奶油和蜂蜜,再涂满糖一样甜啊……就你们这点程度的粗浅智慧,我可是一开始就看透了……毕竟……"(**注:日语中甜和天真发音相同,所以此处用甜度来形容天真。**)

格伦浮起轻蔑的笑容,威风凛凛地睥睨着出现在面前的学生们。

"如果我是你们的话,就绝对会趁这个时机,在今晚,从这条路线,去见女孩们!"

"也是啊。"

听着格伦那句完全没有一点愧疚的态度突变的宣言,卡修叹了口气。

"总之,就是这样了……你们,都回房间去。这姑且也是纪律。"

"……"

"好了,不用担心。这种小事,我也不会专门去向学院报告的,就当没看到了。所以……"

格伦一下子地转过身,轻轻地挥了下手。就在这时——

"那我们可做不到啊,老师……"

听到卡修说出的这句点亮坚定意志的话,所有人都看向了他。

"……你说什么?"

"男人总有不能退让的时候……对我们来说,'现在'就是……"

"……"

格伦的表情转眼间就变得认真了起来。

"这样啊……你们，都做好了'觉悟'……是这样吗？"

气氛一下子就紧张了。

"真是遗憾。那么，我作为教师，就只能用实力来驱除你们了……"

"老师——"

格伦握紧拳头摆出拳击的姿势，卡修拼命地对着他呼喊。

"你应该是我们这边的人！你应该比学院里任何一个大人都要理解我们前去'天堂'的理由！可是，为什么？你为什么要阻止我们？为什么我们非要战斗不可啊——"

卡修的灵魂之声深深地扎进格伦的心里。

"混蛋东西！我知道……那种事，我当然知道！那种让人羡慕的活动，我还想带头参加呢！但是——"

格伦一拳打在旁边的树干上，脸上流下了忍耐不住的泪水……

"已经，不行了……我已经回不到你们那边了……我被魔法学院这个牢狱所束缚，成了有讲师之名的奴隶……万一，我对你们前去'天堂'的行为视而不见的事被学院知道了的话……原本就被减过的我的薪水就要掉到负数了，我就要陷入给学院缴薪水的困境……"

格伦擦掉泪水，这次轮到他发出了震撼灵魂的呐喊：

"人不能只为了面包而活，但是——没了面包，人也就活不下去了！"

格伦的悲惨叫喊声在林间回响着。

这次，他的话猛烈地刺痛了学生们的心。

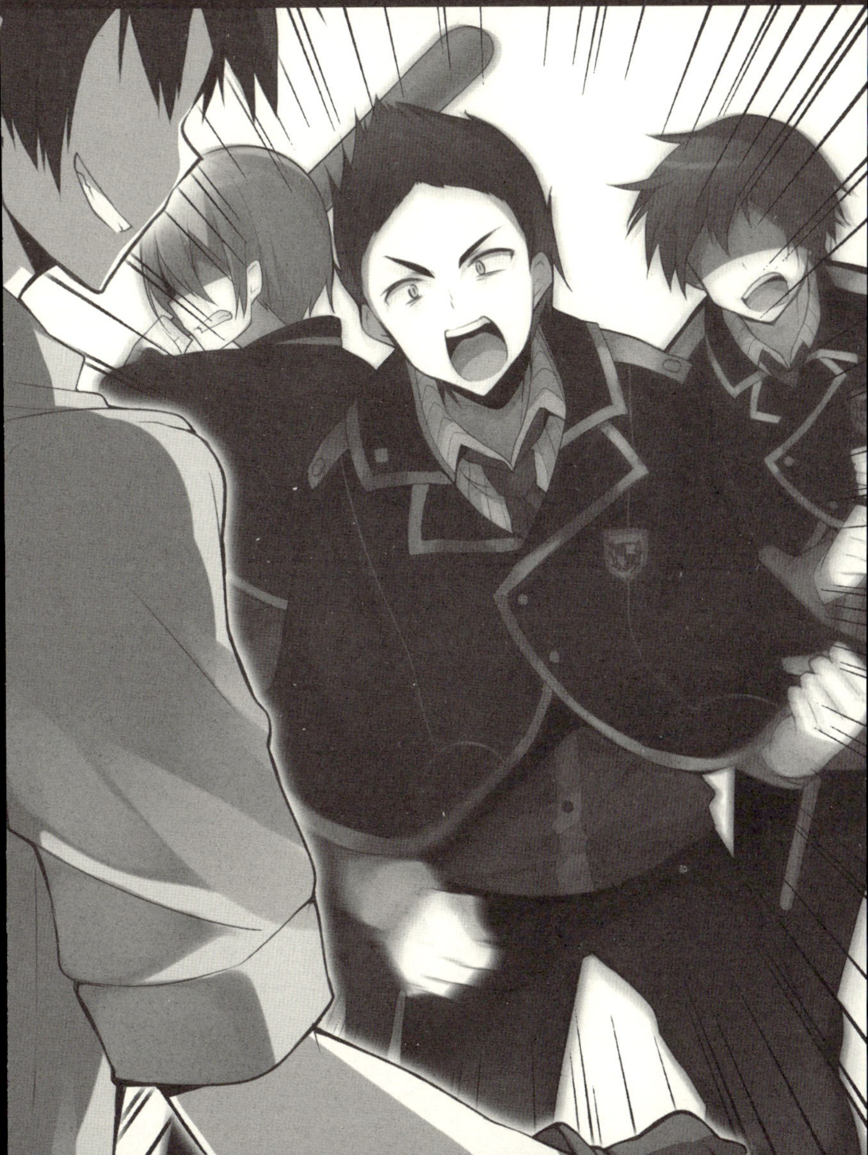

"明白了吧？主所创造的这个庭园式小世界……是'地狱'啊……"

"明明正因为是'地狱'……人才不得不向往'天堂'。你是个可悲的人，老师……就算这样，老师也不退开吗？"

"……嗯。"

在场的所有人都流下了感慨至极的热泪。

在接下来就要展开殊死搏斗的预感下，夜晚的树林里一片寂静。

"我明白了，老师……你成了我们一定得跨越过去的墙壁……"

"如果我的立场不是这样的话……如果我出生的时代有所不同的话……我说不定也会和你们并肩前去'乐园'……只可惜，事到如今，说这些也无济于事。"

"……"

"……"

席卷现场的紧张感毫无止境地不断升高，升高……

接着——

"上吧，各位！跟着我！干掉格伦老师！"

"哼……放马来吧，你们几个！我会告诉你们咒文咏唱技能并不代表魔法战里的绝对战力！"

男生们以卡修为中心分散开，格伦开始以三节总结咒文。

"……男人真是笨蛋啊。"

在旅馆本馆的屋顶阳台上，有一个人支肘托腮，轻蔑地望着格伦他们的情形。

是希丝缇娜。她穿着宽敞的睡袍，刚洗完澡的肌肤还冒着轻微的热气。她为了让那股热气冷下来,就到屋顶上来纳凉。结果,眼皮子底下竟然展开了这么一场闹剧。

"是发生什么事了吗,希丝缇?"

"一个笨蛋和一群笨蛋,在无聊的事情上都很固执,现在正在一起玩呢。"

同样上到屋顶来的露米娅向下看去,只见黑魔法【伏特脉冲】的电光伴随着怒吼和惨叫相互交织着。

"完、完全没打中!"

"可恶!蹦来蹦去的!"

"哈哈哈!只要打不中,就一点用都没有!"

卡修他们用一节咏唱向格伦发起猛攻。

但,格伦不愧是身经百战的原魔导士,他在树木间绕来绕去、翻滚,再顺势跳起来,一边提前一刻看穿卡修他们的咒文,利用体术躲闪,一边用三节咏唱来咏唱咒文。

被格伦反击的【伏特脉冲】打中,学生们中的一个发出惨叫,倒了下去。

"啊,阿尔夫!振作一点啊!阿尔夫!"

"卡……卡修……我、我已经……"

"笨蛋!这伤很浅啊!你想去'天堂'的吧!别在这种地方倒下啊!"

"拜、拜托了……卡修……'天堂'……我们追求的'天堂'……跨过我的尸体……连我的份一起……去看看……'天堂'……"

"阿尔夫——我到底……为了什么而战的啊——"

卡修抱着失去力量的阿尔夫,他的恸哭在林间回响着……

"【伏特脉冲】又打不死人,过个十分钟就会醒了。"

看着眼下的场景，希丝缇娜却非常冷淡。

"不过，老师……也只有那一身格斗术厉害。原本在魔法战里一对多就明明是极其不利的……真是的，只在这种时候才认真……"

"啊哈哈……很有老师的风格嘛……"

就在露米娅苦笑的时候——

希丝缇娜察觉到莉耶尔一直踮着脚趴在阳台上，定定地看着下方的情形。

"啊，莉耶尔？呃……你不能动武哦！卡修他们是……怎么说呢……并不是老师的敌人……他们只是在玩闹……"

回想起上次莉耶尔不由分说就去砍哈雷的事，希丝缇娜在心中慌了起来。

但，让人意外的是——

"……嗯，没问题。我不会做什么。"

莉耶尔这样回答。

"因为，我没有从卡修他们身上感觉到不好的气息。"

看来，莉耶尔也不会无差别地冲出去攻击和格伦敌对的人，大概是她对别人的恶意或敌意要比一般人敏感吧。

希丝缇娜不禁放心地松了口气，再次把目光转向下面。

"哈哈哈！怎么了？你们的力量就是这种程度吗——喂，等一下！你们几个，像那样组队攻击是违规的……呀啊——痛痛痛，好痛！好痛！"

真是的，到底在干什么啊。

希丝缇娜无奈地叹了口气。就在这时——

"格伦看上去那么高兴……我还是第一次见到他这样……"

莉耶尔低声地嘀咕。

第三章
远征学习旅行,出发

"是吗?在学院里时,他差不多都是那样吧?"

"以前……他更阴沉。"

"……莉耶尔?"

"所以,我想在他身边守护他……明明是这样想的。"

莉耶尔的表情就和平常一样毫无波动,她那句话里到底带着什么样的心情,希丝缇娜看不出来。

对这种微妙之处很敏感的露米娅似乎没有听到莉耶尔刚才的低语,只是笑嘻嘻地看着格伦他们。

"……莉耶尔?"

就在希丝缇娜不知道该说什么才好的时候——

"哎呀呀,你们三位在这里啊,让我好找。"

屋顶阳台的门打开,温蒂走了出来。

"啊,温蒂。有事吗?"

露米娅把看着下方格伦他们的视线转开,回头看向温蒂。

"嗯,我想把大家叫到我房间里一起玩卡牌游戏,所以正在找你们呢。"

接着,温蒂看了莉耶尔一眼,微笑起来。

"呃……莉耶尔,你呢?要不要和我们一起玩卡牌?"

最初那种生硬的气氛已经完全隐藏了起来。

"卡牌?能玩?我也能?"

莉耶尔眨了眨那双困倦的眼睛,好像有点兴致勃勃。

"嗯,是啊。"

"……嗯。我知道了。虽然不是很明白,不过……我玩。"

"呵呵,那么,跟我来吧。"

温蒂优雅地转过身,莉耶尔跟上了她。

"真是太好了……莉耶尔已经完全融入班里了吧?"

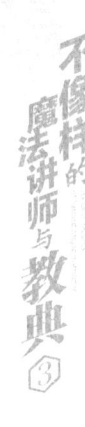

"咦？啊……对……好像是这样……"

看着高兴的露米娅，希丝缇娜有些含糊地回应。

"好了，我们也去吧？希丝缇。"

"……嗯。"

希丝缇娜跟在露米娅身后，也离开了屋顶。

——嗯……是我的错觉吗……心理作用……因为进展意外地顺利，才会那么想……是这样的吧？

刚才，她从莉耶尔身上感到了一抹不安。

尽管不明白是为什么，不过……希丝缇娜努力地不再去多想。

第四章 开心一刻的开始与结束

有些人,直到深夜都在尽情地游戏和谈笑;也有些人,一整夜都在进行激烈的战斗;还有些人,为了明天能精神饱满而早早休息……大家都度过了各自的远征学习之夜。

之后——

一望无垠的蓝天,光芒四射的太阳,晒得发烫的白色沙滩。
波浪随着清澈的涨潮声涌上来,又退下去,颜色千变万化。
在这样的塞涅利亚岛沙滩上,有着许多少年少女们的身影。
是格伦班上的学生们。
"呀,希丝缇。"
哗啦一声,穿着泳装的露米娅从海里现出身影。
她穿的是有着丝带和褶边装饰的可爱比基尼。
水珠顺着她妖娆的身材画出优美的曲线再滑落下来。
乘着海风飞扬的水花在阳光的照射下闪闪发亮,给露出天真笑容挥舞手臂的露米娅带来美丽的点缀。
"水里很舒服哦!希丝缇和莉耶尔也下来吧!"
"嗯!我知道了!现在就过去!"
希丝缇娜整理好大家堆放在沙滩一角的行李,然后把包裹着自己身体的长毛巾取掉。
突然露出来的,就是她那低调又曲线优雅的苗条躯体。
她穿着的是腰间扎着带花浴巾的分体式泳衣,很是洒脱。
白得通透的健康肌肤毫不吝惜地暴露在明亮太阳下,白瓷般的肌肤令人目眩……

哒哒哒哒一串声响，穿着泳衣的希丝缇娜精神满满地踩着沙滩向露米娅游的地方跑去。

接着，她停在了抱膝坐在海边，定定看着波浪涌上来又退下去的莉耶尔身边，向莉耶尔伸出手。

莉耶尔也穿着泳装，但和露米娅她们那种华丽的款式不同，莉耶尔穿的是没有一点装饰，朴素又土气的深蓝色连体泳衣（学院游泳课用的那种）。但，这身泳衣被身材比希丝缇娜还要平坦的莉耶尔穿上后，更加强调出她的平坦线条，反而发挥出了和露米娅她们不同的，因为孩子气才会具备的清纯魅力。

"来！一起游泳吧，莉耶尔。"

"……嗯。"

莉耶尔盯着希丝缇娜伸过来的手看了片刻……终于怯生生地拉住这只手，站起身来。

随后，她就被希丝缇娜拉着走进了海里。

在哗啦哗啦的声响下，波浪飞溅就像白色的宝石一般。

"露米娅、莉耶尔，你们都给自己施上【三属抵消】了吗？"

"那是当然的了。我可不想晒黑。"

"我没有做……很麻烦。"

莉耶尔低声地这么说。希丝缇娜立刻对她说教：

"那可不行啊，莉耶尔！不能怕麻烦，一定要给自己施咒才行！"

"……只是皮肤晒黑而已，没关系。"

"那可就糟蹋你这么漂亮的肌肤了，太可惜。而且要是晒伤了，不好好涂药的话皮肤也会有损伤……好了，我来给你施咒吧，你不要动。"

第四章
开心一刻的开始与结束

"……嗯。"

接着，又有人来到她们三个人身边。

"那边的三位，要不要和我们一起玩沙滩排球？"

"……大家一起玩，一定会很快乐的……"

手里抱着球，身材非常匀称的温蒂，和尽管个子小，却发育得非常好的琳走了过来。当然，她们两个也都穿着泳衣。

"……咦，'天堂'在这里吗？"

卡修、罗德、凯等班上的男生们看到后，不禁流下了感动的泪水。

"不用着急，'天堂'总会自然地出现在我们面前，今天就先退回去……一切，都正如老师所说……"

"对不起，老师……我们……我们错了！"

"可是，我们却凶狠地用咒文打痛老师！我们就只会想着眼前的事！"

"谢谢你，老师……请在那个世界安眠吧……请一直保佑我们……"

卡修他们抬头看向蓝天，格伦那爽朗的微笑像幻影一般浮现出来……

"喂，我还活着啊。"

格伦的声音从沉浸于自己世界当中的男生们背后传过来。

和那些穿着泳裤的男生们不同，格伦打扮得和平常一样，衬衫、裤子、领带，长袍吊儿郎当地披在肩上。立在沙滩里的遮阳伞下铺着薄布，他正有气无力地横躺在上面。

"别擅自把我杀了。而且，你们就这么讨厌我吗？"

"哪里，只是……怎么说呢，那个……一时兴起……"

"话说回来，老师你不游泳吗？"

"笨蛋，我就算想游，也痛得游不了啊……身体各处还残留着麻痹的感觉……"

就算格伦在黑魔法【伏特脉冲】的咒文上手下留情，不给学生们的身体留下伤害，以那种温柔意识来放手攻击，但在执念中不断复活的学生们还是非常拼命反抗，格伦也就被攻击了一整晚。

如果使用固有魔法"愚者的世界"，也就不会这么棘手了吧。不过，那种让他在从军时打倒过许多异端魔法师的沾满鲜血的暗杀魔法，格伦并不想用在学生们身上。以前在接受希丝缇娜的决斗时也是这样，这是格伦的坚持。

"真是的，你们竟然出全力……多少也手下留点情啊……明明是非杀伤系的咒文，我都觉得我要死了哦。"

"啊哈哈哈……非常抱歉……"

听到格伦咬字不清地说着怨恨的话，一群男生的确没有反驳的余地。

"算了。今天是准备日，一整天都是自由时间。你们就尽情地玩吧。呼……我就躺在这里……要是有什么事……就来叫我……"

"知道了！老师！"

哒哒哒哒一串声响，男生们快速地向大海跑去。

在那当中……

"你不去吗？"

躺着的格伦将目光转向附近椰子树的树荫。

"当然，我本来就不是来玩的。"

吉布尔背靠着树干坐在那里。

他连看都不看一下那些去玩的学生们，只是打开一本魔法教科书。理所当然地，他也没有穿泳裤，而是穿着平常穿的学院校服。

"好严格……你应该多放松一点……"

"……哼，用不着。"

吉布尔哼了一声，又继续埋头于教科书。

"真是的。"

格伦也不再多说，直接闭上了眼睛想打个盹。

就在这时——

"老师。"

啪哒啪哒声响起，他感觉到有人在靠近过来。

"……嗯？"

听声音就知道是谁来了，不过格伦还是睁开一只眼睛确认了下。

不出所料，过来的是一边挥着手，一边跑得有点笨拙的露米娅，以及……拉着莉耶尔的手在走的希丝缇娜。和平常一样的三人组。

"怎么了，你们三个？"

看到眼前的三人，格伦露出个坏心眼的笑容。

"别、别盯着看啊……"

希丝缇娜用手臂抱着身体想遮挡，不高兴地转过身，脸上还隐隐约约地染上了红色。

"啊哈哈，老师真是的……怎么样？这身泳衣适合我吗？"

穿着褶边泳衣的露米娅孩子气地在格伦面前转了个圈。

"嗯，合适得不得了，非常可爱。"

"呵呵，谢谢老师。"

露米娅高兴地笑起来。

133

"白猫,你的品位也很不错嘛,我很喜欢。"

"啰、啰唆!我、我又不是为了穿给你看才买的……"

面对格伦坦然自若的赞美,希丝缇娜的脸一下子涨得通红,甚至达到了让人担心她的脑袋会不会热得短路的程度。

露米娅和希丝缇娜两人为了这一天而特意去买的泳衣,每一件的设计都处在帝国流行的最前端。泳衣和穿泳衣之人的超群容貌相互作用,使得这一角简直就像是天使和妖精的社交场一般华美。

就算是格伦,面对这种场景,也没有了平常那种喜欢嘲讽招人厌的想法。

就在这时——

看到露米娅和希丝缇娜这样子的莉耶尔,不知为何,向着格伦踏前一步,开始别有深意地盯着格伦看。

"……嗯?怎么了,莉耶尔?"

"……"

莉耶尔微微挺起胸,保持沉默,有种正在期待什么般的气息,但……

"……喂,你不说出来的话,我可不会明白哟。"

"……没什么。"

莉耶尔垂头丧气地退后了。

好像带着一点点失望的气氛。

"……"

格伦一边为莉耶尔这种莫名其妙的行动感到纳闷,一边对生气地转过身的希丝缇娜和苦笑着安慰她的露米娅问道:

"对了……你们到底是有什么事?不和大家一起玩吗?"

"啊,这个呀。其实,我们正准备去和大家一起打沙滩排

リィエル

球……老师也一起来吧？"

"沙滩排球？"

格伦一副完全不感兴趣的样子嘀咕。

"沙滩排球啊……哎呀，我也不讨厌那种活动啦，只是……我昨晚一直在对付一群笨蛋，所以现在很累……也很困……"

"啊哈哈……辛苦你了，老师。不过，这样的话，就算是来当裁判也好啊？我觉得，果然还是和大家一起玩才更开心吧……我也……想和老师一起玩……"

听到可爱的学生这么说，格伦无奈地挠着头站起身来。

"真是的，拿你没办法。既然你都说到这份上了……虽然没兴趣，不过只是裁判的话，我就奉陪一下吧……"

接下来——

在沙滩上临时做出来的沙滩排球场里。

"看招——"

格伦越过球网高高跳起，身体拉成弓形，以全身的弹力挥动右臂，向着空中的球击去。

瞬间，一记子弹叩杀就毫不留情地打进敌阵。

罗德跳起来阻拦，但这记叩杀从阻拦上方打了下来。

凯立刻向冲过来的叩杀扑过去，不过，当然没碰到。

"'无形的……'。"

塞西尔指向球的落地点，咏唱起白魔法【超念动力】——远距离操纵物体的咒文，想要接住那记叩杀，但也没能赶上。

球以激烈炸开沙滩的气势弹在球场内。

"比赛结束！老师队胜！"

"——看吧！怎么样？"

第四章
开心一刻的开始与结束

"呜,老师队,真是强啊……"

听到裁判露米娅的宣布,格伦振臂高呼得胜,塞西尔则苦笑起来。

"……什么'只是裁判'啊,这不是玩得很起劲嘛……"

看到格伦这种没个大人样的勇猛奋战,希丝缇娜露出平常那种不屑的目光,非常无语地叹了口气。

格伦身上的沙子比谁都多,汗流浃背。

"呼!助攻得漂亮!白猫!吉布尔!是我们胜了哟!"

"哼,当然的,现在可是我在打辅助位。虽然没到卡修那种程度,但我在运动上也是……"

吉布尔一边推着眼镜,一边得意地说了个开头就停下了……

"……呃,为什么连我都要做这种事啊?"

不知道什么时候也被带了来打沙滩排球的吉布尔的叫声在沙滩上回响。

"好了,有什么关系嘛,人数不够啊。"

由主攻手、辅助位、接发球三人组成一队,每打一场轮换一次位置,轮到接发球的人可以用白魔法【超念动力】来接对方的叩球,这就是魔法学院式沙滩排球的规则。

"呜,我们可不是来玩的!既然有空做这种事的话……"

盛气凌人的吉布尔想要离开,但——

"哦?你要逃走吗?"

格伦挑衅的话从他背后传来。

"算了,这也没办法。下一场的对手嘛,因为抽签女神恶作剧的结果,正是我们班上属一属二的超级强队。不想输的话,逃掉的确是很妥当……"

"吵、吵死了！才不是那样！好吧，既然你说到了这个份上了，那我就奉陪到最后好了！反正肯定是我在的队伍会赢！"

"好了好了，你们两个……难得出来玩，不要吵架啊……"

——真是的，两个人都是小孩子。

希丝缇娜叹着气给格伦和吉布尔调解。

"不过，下一个对手真的是强敌啊……"

希丝缇娜向下一支对战队伍瞥了一眼。

第一个人，是以超越人类的身体能力为傲的莉耶尔。

第二个人，是班上除了莉耶尔之外运动能力最优秀的卡修。

而第三个人——

"请手下留情哦。"

双手合什露出温柔微笑的，是班上沉稳的大姐姐，特蕾莎。

乍看之下，她像是个和运动无缘的少女，但在白魔法【超念动力】这种灵能系法术上的本领在班里可是首屈一指的。事实上，她在之前的魔法竞技祭里也非常活跃。而在这次的沙滩排球赛里，由特蕾莎负责接发球时，还没让别人拿到过一分。

"嗯，的确是强敌……"

格伦看向穿着比基尼，带着温柔笑容的特蕾莎。

特蕾莎发育得很好，健康、丰满，让人完全想不到她只是个十五六岁的少女。在特蕾莎跳来跳去的时候，她的肢体展现出的张驰有度的曲线连模特都相形见绌，在各方面都非常肆意。而对面男生的时间就停止了，结果便是无计可施地输掉。

"难道说……那是精神攻击系，又或者是时间操作系魔法？"

"……你在看哪里啊？"

格伦就像在残酷战场上研究敌人秘术的真相或弱点的魔导

第四章 开心一刻的开始与结束

士,希丝缇娜则是不屑地斜眼看他,用不高兴的声音和他搭话。

"……什、什么啊?"

格伦将视线从特蕾莎身上移开,无礼地打量希丝缇娜……

"……唉。"

他明显地垂下肩膀,叹了口气。

"什、什、什、什么意思啊?"

……就这样,格伦他们的队伍和特蕾莎她们的队伍开始比赛了。

"老师!"

希丝缇娜灵活地伸展身体,托起了球。

"看招!受死吧——"

格伦立刻跳跃起来,还是很没大人样地全力叩击,将球打向敌阵。

但——

"'无形的手'!"

特蕾莎指着球咏唱咒文后,球在即将击到沙滩的前一刻,轻飘飘地向头上升去……

"呃!又接住了?"

"莉耶尔,上吧!"

卡修从容地托起球——不愧是擅长运动的卡修,托球也很绝妙。

尽管没有干劲,莉耶尔还是配合着跳了起来。

"嘿。"

咚噗!球发出被压扁的沉闷声音。

接着,噗沙一声响,一道沙柱高高冲上天空。

大家回过神来一看，球有一半以上被埋在了格伦那边球场的正当中。

"……怎么办？"

格伦绷紧了脸。

和以莉耶尔为中心欢呼起来的敌阵正相反，格伦阵营都呈现出仿佛通宵的状态。

"……可恶！那种拍苍蝇一样的动作，为什么会有这么大的威力？"

吉布尔不甘心地咋舌，他平常那种装腔作势的样子已经消失无踪了。大概是被现场的朝气所感染吧，随着比赛进行，他也变得热血起来了。

"果然是不行啊……这次到底还是对手太强……"

希丝缇娜浮出苦笑，早早就想放弃，但——

"开什么玩笑！谁要就这样输掉啊！"

看到吉布尔这种出乎意料的反应，希丝缇娜吃惊地眨了眨眼。

"老师！我会想办法接住叩球的，也请你快点出手决胜负吧！从刚才起你就那么狼狈……这样也算是我们的恩师吗？"

"呵……这才像话嘛……"

格伦嘻嘻一笑。

无论如何，热衷于胜负才是魔法师的性子。吉布尔也不例外。

趋势已经定下来了，就在班上的所有人都这样认定时——

"接下来才要开始决胜负。"

格伦从沙滩里把球挖出来，发了球。

……

第四章
开心一刻的开始与结束

"好,给他们致命一击,莉耶尔!"

"嘿。"

莉耶尔打出杀人叩击。

炮弹般的球向着格伦那边的球场笔直地落去。

"来了,吉布尔!"

"呜——'无形的手'!"

作为回应,吉布尔用尽全力咏唱咒文。

如果为了防范球的所有可能落点而扩大关注范围的话,莉耶尔的叩杀肯定能很轻易地打穿。但是,根据刚才的观察,莉耶尔瞄准的地方就只有球场中心这一点。弄清楚这一点,只要从一开始就集中全力关注那里,准备好的咒文的话——

"什、什么——"

莉耶尔的叩杀被吉布尔的咒文捉到,跳向了头上。

莉耶尔的球没能得分,这情况还是第一次出现,卡修他们的反应也有些慢。

"老师,拜托了!"

趁此机会,希丝缇娜快速地托起球。

"看招——"

格伦跳跃起来,打出叩杀。

随着扬起的尘沙,格伦打的叩杀击中了球场。

在周围观战的班里所有人都发出"哇——"的感叹声。

"老师,叩得漂亮!"

"哇!"

格伦和希丝缇娜击了下掌。吉布尔露出骄傲的表情,一边急喘着,一边瞥向莉耶尔。相对地,莉耶尔大概没想到叩杀会被接起吧,正在眨眼睛。

"你也是，接得好啊，吉布尔。"
格伦对这一分的功臣吉布尔竖起拇指。
"……哼。这才终于拿回了一分而已……"
吉布尔冷淡地将脸转向一边，擦了下额头的汗。
"好了，下一球要来了。请赶快准备好。"
格伦和希丝缇娜只能对这样的吉布尔露出苦笑。
接着，卡修发出的球向格伦他们的球场飞来……

"哈……哈……哈……"
比赛结束后。
吉布尔全身是汗，还沾满了沙子，正蹲在离球场不远的地方。因为他没换泳裤，这样子还真是有点惨。
只不过，不可思议的是，他的心情并不坏。
现在别的队伍已经开始比赛了，班里众人的注意力都集中在那边。
离开那边的吵闹，吉布尔独自一人静静地调整着呼吸。
"……嗯？"
突然感觉到人的气息，吉布尔抬起了头。
出现在他眼前的是莉耶尔。
"……你有什么事？"
吉布尔冷淡地问。
"你，很厉害。大概是，打得好。"
莉耶尔睁着困倦的眼睛低声说道，还递出一杯饮料。
吉布尔定定地看着那杯饮料。
如果是前些天的自己，肯定会毫不犹豫地推开吧。
明明在什么事上都是一副外行人的样子，但作为魔法师，

第四章
开心一刻的开始与结束

她大概是压倒性地强过自己吧，这个古怪的转学生对自己来说是敌人。在看到莉耶尔高速炼成那把大剑的瞬间，吉布尔在心里的某一处就清楚地知道自己敌不过对方，他只是单纯地不甘心，不想承认而已。

但是，怎么说呢……算了，自己说不定真的是被这里的朝气冲昏了头。

吉布尔一边生出这种实感，一边老实地接过杯子，小声地说：

"哼……我不会输给你的……就算现在赢不了你，但总有一天……"

"……嗯。这样啊。"

舒服的风吹拂着滚烫的肌肤。

这一天，全班所有人都玩了个痛快。

从海里上来后，众人成群结队地在观光街上慢慢逛。

等到夕阳西下，大家又吵吵闹闹地在沙滩上烧烤。

快乐的时间像飞一般地过去了。

然后——

"接下来……"

现在已经是深夜，早就过了睡觉时间，外面一片漆黑。

大部分学生们玩了一天都累了，已经睡着。

"所以，总之……让我稍微歇口气。这点事，总能允许的吧。"

格伦一边在不知道对谁嘀咕着，一边独自在夜晚的观光街上散步。

在镇子范围内，都点着燃油式路灯，镇子就像傍晚那样

143

明亮。如果是喜欢新事物的富裕阶层所喜欢的最新式照明设备——瓦斯灯的话，那也就算了，但用油灯就能有这个亮度，还真是相当不得了。

星星点点燃烧着的无数橙色火光，令镇子的阴影不断地摇晃着，也为土墙建筑和行道树构成的塞涅利亚岛观光街酝酿出极致的异国情调。

和白天相比，人数要少得多，不过，扬言享乐时光现在才刚刚开始的那些人，也使得夜晚的观光街像祭典一样热闹。现在还不是旅游旺季，就已经如此热闹了，真是无法想象到了旺季又会是何等的繁华。

大街上乱七八糟地开设着露天咖啡店和酒馆，客人们把店前的许多桌子并排起来，一只手拿着酒或料理，和同伴或新认识的朋友们愉快交谈。

个人经营的摊子也不输给那些店，各种各样的小摊并排着占满了店和店之间的空隙。炸土豆、串烧、熏肠、新鲜的海鲜汤、虾馅油炸饼、热葡萄酒等等，小摊贩们不断地向走过的行人推销这些让人禁不住想伸手的便宜料理。

有活力的不仅仅是饮食店。带着异国风情的衣物，奇异的装饰品，木雕手工艺品都有卖，那些带点古怪的露天小摊子在屋前摆出许多商品，很有朝气地招揽着客人，偶尔会有停下脚步的客人在罕见的商品前嬉闹。

格伦背对着镇上的这些喧嚣，向镇子外走去。

不知不觉中，由石板铺成的道路变成了沙道，最终延伸到白沙滩海岸。

周围没有人的气息，只回荡着海浪的声音，还有海水的味道在空中静静地飘散。

第四章
开心一刻的开始与结束

波浪不间断地涌上来又退下去,气泡在闪着淡蓝色光芒的白沙滩上欢腾,就像是被波浪打上来的大量珍珠。

大海和水平线都染上了深蓝色,银白色的明亮弯月挂在空中。

月光在摇晃的波浪间撒下钻石般的白色光芒,那光景非常梦幻。

"……唉,真是的……总觉得好累……"

格伦在眼前的树荫处坐下,打开刚才在小摊上买来的白兰地酒瓶,开始慢慢地晚酌。把这极好的风景当成下酒菜,喝出一点点醉意,今天就能带着好心情入睡……这就是他的意图。

平常的格伦和欣赏风景这种风雅的爱好是无缘的,但……这么一幅美景,若是不好好享受一下的话可就是人生的遗憾了——眼前的光景就是美丽到了会让人这么想的程度。

格伦一点一点地喝着酒。

像是很珍惜一般,小口小口地喝着。他一边用白兰地润湿嘴唇,一边心不在焉地回顾着至今为止的旅程,继续眺望着眼前的光景。

然后,也不知道过了多久……

"……嗯?"

格伦感觉到有人在接近。

不过,反正自己也是为了解闷才来这里的,就算有其他人来也没什么好不可思议的,所以也就懒得动了。

但问题是——

"好了,希丝缇,快点快点。"

"喂,露米娅……那个……我还是觉得这样不好……"

从远处传来的声音好像是格伦熟悉的吧。

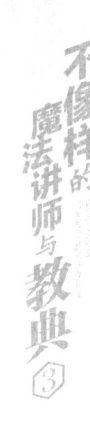

"一会儿就回去,没关系的。别说这个了,快点去看看海吧?绝对是超级漂亮的哦。"

"大海什么的,白天不是都看够了吗?啊,真是的,你这孩子!"

这也算是不出所料吧。

出现在沙滩上的,正是露米娅和希丝缇娜,以及……

"……接下来到底要做什么?"

像雏鸟一样跟在那两人身后的莉耶尔。

"呵呵,大家一起来看看夜晚的海。今天的月亮很亮,肯定会非常漂亮哦。"

"……这样啊。我不是很明白。"

三人似乎并没有察觉到坐在旁边树荫下的格伦。

接着——

"呜哇……"

"……啊。"

一直走到海边的露米娅和希丝缇娜被夜间大海那梦幻般的景色吸引了。

"好漂亮……"

"……是啊……月夜之海竟然会这么美,我都不知道……"

缓缓吹拂的海风令少女们的头发和衣摆摇晃起来。

"对吧,希丝缇?来看看真是太好了吧?"

"……呜,这、这个嘛……的确……可是,这是两码子事啊,露米娅!悄悄溜出房间来看海什么的……"

希丝缇娜像是生气一般地说着,但露米娅只是回以温和的笑容。

"啊哈哈,结果,希丝缇这不是也没有阻止我,还跟着一起来了吗？你果然也是想看的吧？"

"……呜。"

似乎被说中了，希丝缇娜顿时无言以对。

要追究起来，在她没能阻止对方还跟着来到这里的时候，就是同罪了。

"好好好，是我输了。唉……算了，既然都违反规定来到这里了，不欣赏一下可是大损失……"

"嗯，对啊。"

"真是的……露米娅，你从以前起就是这么人不可貌相，太顽皮了……"

"呵呵，对不起哦，希丝缇。"

露米娅恶作剧般地笑起来。

"话说回来，真的是很美啊。要是温蒂和琳她们也能来就好了……"

"没办法，那两人好像都睡熟了……"

接着，两人再次开始为眼前的风景神魂颠倒。

直到——

她们像是突然想起了从刚才起就一言不发地沉默着的莉耶尔。

"……莉耶尔？"

大概是不安了起来，露米娅转回头去看应该在背后的莉耶尔。

那份不安只是杞人忧天，和平常没有一点变化的莉耶尔就在那里。

"……怎么样？对莉耶尔来说，果然还是……很无聊吗？"

"……"

莉耶尔没有回答露米娅这个小心翼翼的问题，依然沉默着。

面对莉耶尔这种冷淡的态度，露米娅再次开始感到不安。就在这时——

"……不会……没有那种事。"

话音很轻。

出乎意料的话从莉耶尔的嘴里冒了出来。

"……莉耶尔？"

"这种风景……我是……第一次见吧……我也不是很明白……"

她仿佛在迷茫。

又仿佛在寻找措词。

莉耶尔断断续续地说着，拼命地编织语言。

"……这场景……看不腻。"

如果探头去看凝视着月光的莉耶尔的脸，就会发现，她那双平常总是困倦得眯起的眼睛现在却睁得大大的，仿佛在拼命地注视着眼前的月夜之海一般。

看到莉耶尔这个样子，露米娅浮出了像是放下心来又像是怜爱般的笑容，说道：

"我啊，觉得自己能认识莉耶尔，真是太好了。"

"……太好了？因为认识我？为什么？"

带着些许不可思议，莉耶尔的瞳孔微微晃动起来。她这样反问。

"嗯，为什么呢？这种事，也没什么道理好说吧……"

露米娅有点为难地笑起来。

"能像这样和你成为朋友，我非常高兴。"

"……朋友？"

第四章 开心一刻的开始与结束

仿佛被打了个措手不及，莉耶尔全身僵硬起来。

"……我和……露米娅……是朋友？"

"嗯，对啊。啊，当然，还有希丝缇哦。"

"喂，露米娅……什么啊，说得我和附带的一样。"

"啊哈哈，抱歉抱歉。"

露米娅笑着吐了下舌头，希丝缇娜无奈地叹了口气。

莉耶尔则在一旁看着她们两人的互动。

"……朋友……我不是很明白，不过……"

莉耶尔困惑地停顿了一下。

"……我不讨厌。"

带着平常那种让人看不出感情的表情这样小声说后，莉耶尔再次呆呆地望向月夜之海。

露米娅看着这样冷淡的莉耶尔，嘻嘻一笑。

大概是想到了什么，她开始兴冲冲地脱下鞋和袜子。

"露米娅，你要干什么……"

露米娅没有回答希丝缇娜的问题，而是踩着水走进海里。

"喂喂，露米娅！你干什么啊？"

接着，在海水浸过她苗条小腿的地方，露米娅张开双手，猛地转过身来。

金发般的头发和衣服下摆轻飘飘地展开。

以满天的星星为背景，在反射着月光的海面上，少女露出了天真无邪的微笑。

那是一种充满了不容侵犯的神圣和神秘的光景。

"呵呵，水里非常舒服哦……"

"好、好了！露米娅！快回来！衣服要被弄湿了！"

"没事的，希丝缇，我带着替换的衣服。"

"我、我不是指这个……"

该怎么责备她才好,就在希丝缇娜犹豫的一瞬间——

闪着银色光辉的水花在空中飞舞起来。

"……呀啊!"

被闪亮的水花泼到,希丝缇娜发出惨叫。

通过那冰凉的触感,她立刻察觉到那是海水。

"啊哈哈!"

露米娅用双手掬起脚边的水,向希丝缇娜泼去。

她一边露出坏心眼的笑容,一边看着希丝缇娜。

"你、你可真敢!我不会饶了你的!"

希丝缇娜摆出生气的样子,脱掉鞋子,再甩掉袜子。

接下来,尽管希丝缇娜在海边表现出了一瞬间的迟疑,但很快就甩开了犹豫,踩进海里。

"你这家伙!你这家伙!"

"呀啊!"

希丝缇娜开始向露米娅泼水。这样做时,她的表情与其说是愤怒,不如说是高兴。

"……嗯?"

莉耶尔不可思议地望着眼前那两人展开的嬉闹。

察觉到这一点的露米娅向莉耶尔招呼道:

"莉耶尔也一起来玩吧?"

"……玩?我不是很明白……只要泼水就行了吗?"

"对,没错没错。"

"……嗯。我明白了。"

接着,莉耶尔没有一丝犹豫,连鞋袜都没脱就踩进了海里。

她粗鲁地踢着水,带着一阵啪啦啪啦的声音来到露米娅和希丝缇娜身边。

"嗯。"

莉耶尔以能把宽大的剑像柳枝一样挥舞的强大臂力——从她那双纤细的手臂上根本想象不出来的力量——泼起大量的水。

"呀啊——"

简直像是用桶装起水再整桶泼过来般一击,从希丝缇娜头上淋下。

"呜、呜……这、这个家伙……"

希丝缇娜在一瞬间就成了比露米娅还要严重的落汤鸡,她的肩膀和拳头都微微地颤抖着……

"……嗯?"

"啊哈哈哈!"

莉耶尔一脸呆滞,露米娅捧腹大笑。

以及……

"喂,你们两个,我们再来!"

……

……之后,少女们就兴高采烈地沉迷于相互泼水当中。

开心的笑声。

生气似的叫声。

偶尔也响起惨叫。

接连不断的水声。

就像是小狗小猫在玩耍一样,少女们嬉戏的光景就算吵闹也让人欣慰。

闪闪发亮的水珠在空中飞舞。

她们就像是在波浪间跳舞一般。

"……真是的，拿她们没办法呢。"

格伦背靠着树，伸直双腿坐在那里，心不在焉地望着她们。

突然，他的手在无意识中动了。双手的拇指和食指伸直，在眼前组合起来，拼成一个长方形的框。

接着，他通过这个框再次看向三名少女。

"……好构图。"

格伦的嘴角微翘，拆开手指框，双手抱在头后，抬头望向天空。

他的视野里映入仿佛在暗幕上撒满了银沙的星空。

"……要是带着射影机来就好了……"

所谓的射影机，就是一种箱形装置，用镜头将风景烙印在涂了特殊银试剂的板子上。如果和操纵光的魔法相结合，只需要一点诀窍，就可以在这种黑暗中操作。

不过，那也不适合用来拍少女们的动态，而且，格伦也不可能随身带一个那么大体积的箱子。

尽管如此，他还是想将这一瞬间截取下来保存。

——真是会让人坦率地这么想的光景。

"……那么……"

虽然对这种像是偷窥一样的行为感到有点愧疚，但……最近每天都很辛苦，享受一下这种程度的眼福也可以吧？

格伦擅自得出这个结论，拿过放在旁边的白兰地小瓶子，开始一点一点地喝起来。

……真是不可思议。明明是连牌子都记不住的便宜酒，但不知为何，他现在却觉得这是极至的美酒。

随后——

直到全身湿淋淋的少女们满足地离开海岸为止，格伦都带着微醺的心情在远处眺望。

……

……

"……嗯?"

在钻进耳朵的哗哗波浪声里,格伦突然睁开了眼睛。

他一边甩开头脑里像是蒙了一层雾般的感觉,一边环视周围。

这里是没有人的海岸,自己正靠在树上。

"……啊,我睡着了吗……"

这座塞涅利亚岛周围,和包含被跨越东北万年雪山山脉而来的相对寒冷气团所支配的费吉特在内的帝国本土不同,因为流经岛周围的暖流和通过岛的灵脉,就算是夜晚也很温暖。似乎是那种温暖太舒服,格伦就忍不住沉沉睡去了。

"哎呀呀,我也真是的……"

大意了——只能这么说。虽说只有一点,但喝了酒还是不妙。

如果是在弗吉特做了这种事的话,自己现在就要在寒冷中瑟瑟发抖了吧。

"呜哇,糟糕,都这个时间了?呃……不好,还能进得去旅馆吗?我可不想露宿啊……"

格伦用怀表确认过时间后,慌忙站起身,开始快步走起来。

夜已经深了。

直到前不久还能听到有喧闹声从镇子方向传来,但现在已经万籁俱静了。

之前璀璨的灯光现在也变得稀稀疏疏的,不太可靠。

能够听到的只有虫鸣声。

格伦一心一意地向旅馆赶去。

但是,突然——

感觉到前方有人的气息,格伦停下了脚步。

"……嗯?"

他目不转睛地注视着前方。

那气息太明显,并没有隐藏的意思,也没有杀气之类的感觉,似乎不是危险的对象,但……这种深夜时分出来溜达,这本身就是反常现象。当然,这个时候格伦就绝口不提自己的行为了。

格伦小心翼翼地留意着从前方接近过来的气息。

终于,仿佛从黑暗里浮现出来般现出身形的那个人——

"……莉耶尔?"

正是带着和平常一样困倦又面无表情的莉耶尔。

"你怎么在这里?"

莉耶尔在格伦身前几步停下,然后说道:

"格伦不在房间里,所以我出来找。"

"呃……我的房间在别馆吧。你怎么……"

"我潜进去了。我擅长潜入任务。"

——胡说八道,你擅长的不是潜入,而是突入、强袭之类的吧。

格伦忍着吐槽的冲动,平静地问:

"……我的房间应该是上了锁的吧?没有回音的话,我可能就只是睡着了而已吧?你怎么能确定我不在房间里的?"

"……嗯。锁了。所以,我把门砍破了。"

"呼……原来如此。"

第四章
开心一刻的开始与结束

又要减薪了吗？

格伦忍着泪水，假装冷静地从莉耶尔身边走过去。

莉耶尔就像是跟着大鸟的雏鸟一般，跟在格伦身后。

"露米娅和希丝缇娜她们两个呢？"

"睡熟了。"

"真是的，我说过你要一直待在露米娅身边的吧？你这警卫可不合格。"

"我知道。可是……我想见格伦。"

莉耶尔干巴巴地这样说道。她还是像平常那样困倦又面无表情，更加没有诱惑力之类的。

但，就算这样，格伦还是无奈地叹了口气。被这样一说，就算对方是莉耶尔，作为男人，也是想气都气不起来了。

原本这应该是令人担忧的事态。警卫不该被别的事吸引注意力，更不该离开保护对象的身边。

不过，在格伦得知还有真正的警卫——阿尔贝特在的如今，他的神经也就不会绷得那么紧了。现在，那个男人也在这座岛上的某处，远远地护卫着露米娅吧。

只要那家伙在这就没有问题，阿尔贝特就是能给人带来这种出众的安全感。

总之，马上回去就不会有问题了。

"好了，快点回去吧？"

"……嗯。"

接着，两人开始走起来。

在放出银色光芒的月亮和满天的闪烁繁星下，两个影子一起动着。

"……喂，莉耶尔。"

自己也真是不识趣啊——格伦一边这样想着，一边回头瞥向背后的莉耶尔，突然开口问：

"你开心吗？"

"……嗯？"

莉耶尔以一个非常微小的角度不可思议地歪着头。

"抱歉，我问得太简单了。那些家伙……露米娅和希丝缇娜，还有班上的家伙们，你和他们一起度过的时间，一起玩，开心吗？"

莉耶尔隔了一会儿后，才低声地回答：

"……我不是很明白。"

她的表情还是那样不带感情色彩的透明，但……也有一种……像是不知所措的气氛。

"和那些家伙们在一起，你什么感觉都没有吗？什么想法都没有吗？"

"格伦对我有什么期待，我完全不明白。"

莉耶尔像是在寻找措词，又像是在疏通内心，又停了一会。

"……我有一点点……想一直和她们两个……想一直和大家在一起。我是这样想的。"

听到这里，格伦突然勾起了嘴角。

"那肯定就是开心了。你要珍惜哦。"

"……我不是很明白。"

算了，想让她立刻理解也是不可能的吧，毕竟莉耶尔可是比她的外表还要幼稚。从外表上看，她是有点娃娃脸的十五岁少女，但……她的精神因为种种主要因素相叠加，依然还是非常不成熟。

不过，只要她能一点点地理解人心的微妙之处就好。

第四章
开心一刻的开始与结束

说不定，莉耶尔能从已经深陷的魔法黑暗世界里走出来。说不定，她能在阳光照射下的地方活下去。

所以……

"喂，莉耶尔。你……要不要趁这个机会退出帝国宫廷魔导士团？"

格伦突然这样提议。

"会有点纠纷，不过这方面我和瑟莉卡会设法处理的。比如说，你要不要就这样成为魔法学院的真正学生？这样的话，你就能一直和露米娅、希丝缇娜……能一直和那些家伙们在一起了哟？"

"……"

莉耶尔的表情……似乎出现了很轻微的动摇。

"你没必要留在那个血淋淋的斗争世界里。你哥哥……还有，那家伙……也不会希望你这样的。"

"那家伙？那家伙是谁？"

"呃，抱歉。是我口误，你别在意。"

"……这样啊。"

莉耶尔就像是没兴趣般地听过就算了。

"总之，你之所以会当宫廷魔导士，也是从那个组织逃亡出来后，顺势而为的吧？你并没继续当魔导士的情理和义务，也差不多该退出来，当个真正的学院学生了吧。那两个人肯定也会高兴的。"

接着，莉耶尔突然停下了脚步。

感觉到她停下来的格伦也停下了，转头去看莉耶尔。

然后——

"这个……我做不到。"

157

莉耶尔低声嘀咕。她的脸上依然是平常那种看不出感情的困倦。

"……为什么？"

格伦带着失望问道。

"因为我……必须战斗。为了格伦。"

"莉耶尔？"

"对……我……决定过要为了格伦而活……"

一般而言，这种话是甜言蜜语。为了你——没有男人听到这句话会不高兴，就算对方是莉耶尔这样的少女。

但是，莉耶尔……

换成莉耶尔的话，这话就有种致命性的差别。

必须为了格伦而战，为了格伦而活。

在莉耶尔的这些话里，格伦只感觉到了"危险"。

"为了我……我可是早就……"

退出帝国宫廷魔导士团了。

就像是要把这句话堵住一样，莉耶尔罕见地打断了他的话。

"所以，格伦，回来吧。格伦不在了……我都不知道……自己该为了什么而活……为了什么而战……"

莉耶尔一边移开视线，一边用有气无力的语调这样嘀咕。

她的脸上，依然是平常那种困倦的面无表情。

但是，她的身影给人的印象却像是一只失去大鸟的雏鸟。

"一年前……我什么都没对你和阿尔贝特说，就辞去了宫廷魔导士，我要为此道歉。关于这件事，我没有任何辩解。我为了自己，就舍弃掉为了人们而拼命战斗的同伴们逃走……是个最差劲的混账家伙。"

格伦露出充满苦涩的表情，淡漠地往下说：

第四章
开心一刻的开始与结束

"这样的我,没有说这种话的资格。也无法责备叫我回去的你。但,请容我多说一句。你……并不是希望我能成为和你并肩战斗的伙伴,当然,也不是对我抱有恋慕之情,你只是……"

格伦似乎犹豫了一瞬间,话语停顿了下。

"你,只是想用我来代替你死去的哥哥而已。"

仿佛下定了决心,格伦说出了这句话。

这一瞬间,莉耶尔的身体猛地一颤。

"在那个组织里时……你为了保护你哥哥而战。但是,你没保护住他。所以才会'这次一定要保护好'。我就是那个哥哥的替代品。这当中并没有你自己的希望或是想法在内,有的只是过去附在你身上的固执和惯性而已。"

"……"

"说到底,为了保护我而希望我身处有生命危险的世界……这种想法从根本上来说就不对劲。这不是本末倒置吗?"

"……"

"但是,你该停止那种扭曲的活法了。不管多少次我都会说,你哥哥并不希望你这样。你哥哥和……不是,你哥哥应该……只是希望你能幸福地活下去而已。"

"……"

"现在的话,你大概还能回头。你没必要活在那种魔法的世界里。只要和那些家伙们一起,度过理所当然的日常就行……所以……"

但是——

"……我不是很明白。"

莉耶尔……

"我不是很明白……不明白。"

159

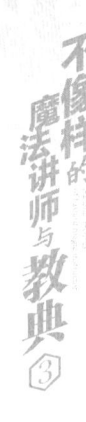

她颤抖着，紧紧握住拳手，几乎要把手划破……

"……不明白……我不明白啊，格伦！"

莉耶尔前所未有地激动起来。

糟了。在格伦咬紧牙关的时候，一切都已经太迟了。

刚才的那些话……对莉耶尔来说，一定就是逆鳞。

"格伦所说的话，我完全不明白！为什么不行?!为了保护格伦而战，这有什么不行的?!为什么……为什么你不能待在我身边?!啊?!格伦不在的话……我……我——"

原本面无表情的脸因为愤怒、悲哀、困惑而扭曲，莉耶尔涌出的话就这样向格伦砸过来。

格伦为这样的莉耶尔而惊愕，与此同时……又被深深的悔意所吞没。

——都到这个程度了吗？这家伙，都扭曲到这个程度了？

在这一年里，莉耶尔大概是一直为代替哥哥的格伦不在了的事纠结。那不断堆积的郁闷，现在终于因为格伦不谨慎的话而爆发了。

——我的理解……太天真了。

莉耶尔对格伦所抱持的感情，不是善意也不是好意。

其本质，是赌上自身的执着，是过度的依赖他人。

但是，不能嘲笑她的软弱。若非如此，过去在那个组织里被夺走了一切的莉耶尔……就会无法维持自我。

就在格伦不知道该对这样的莉耶尔说什么才好，为此而为难时——

"……难道说，是因为那些家伙？是那些家伙的关系？"

莉耶尔……

"因为露米娅和希丝缇娜她们……因为有那些家伙们在，

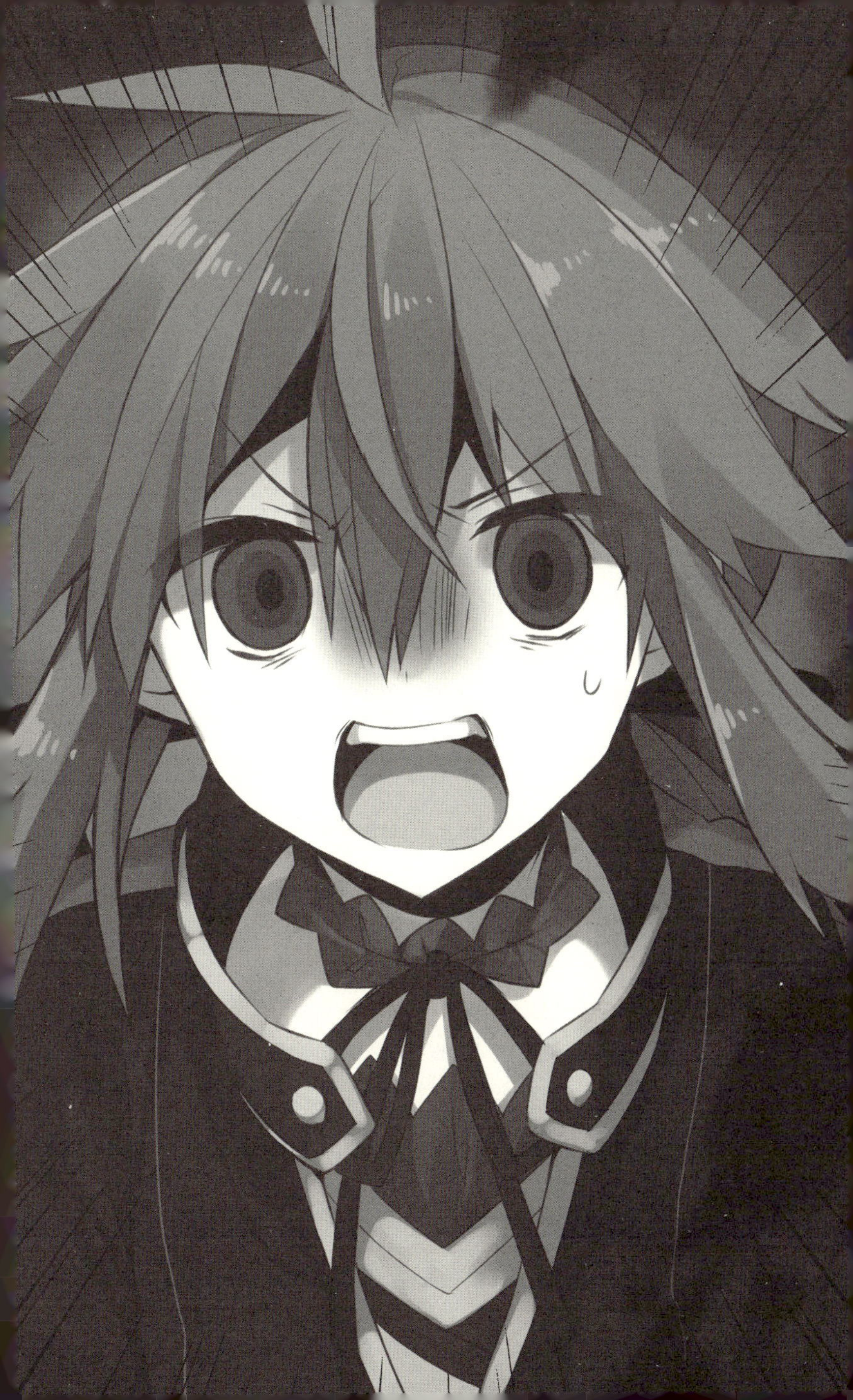

"所以……格伦才回不来？因为有那所学院的人在，所以……格伦才……"

她的思考向着最糟糕的方向扭曲。

"是那些家伙们……从我身边，夺走了格伦吗？"

"等一下！你怎么会得出这种结论？"

这问题可不能忽视，格伦不禁大声叫起来。

出于好心的劝告却得到了完全相反的坏结果，他只能笨拙地急躁起来。

但，已经迟了。

"吵死了吵死了吵死了！"

莉耶尔用力地摇着头，拒绝再听格伦的话。

"大家……都好讨厌……太讨厌了！"

最后留下这句叫喊，莉耶尔以飞快的速度胡乱朝着一个方向冲了出去。

"等一下！莉耶尔！"

格伦伸出手，但那个小小的身影瞬间就从他的视野里消失了。

她冲出去的方向是郊外，今晚似乎是不打算回旅馆了。

"……莉耶尔。"

格伦甚至忘了该追出去，只是伸着手呆愣在那里。

莉耶尔……果然和自己很像。和那个迷失了"正义的魔法使"这个目标，对魔法抱有深深绝望的自己，在想要依赖什么这一点上非常相似。说起来……莉耶尔比自己还要更严重，更根深蒂固吧。

"……正义的魔法使啊。"

使用魔法惩戒魔王，让所有人得到幸福的童话中的英雄。

在《梅尔迦利乌斯的天空城》这个故事里确实存在的杰出魔法使。

过去的自己想要成为那样的"魔法使"……像童话里的"魔法使"一样，平等地拯救一切，不让任何人悲伤难过。因为崇拜那种厉害的英雄，格伦相信只要学习许多魔法，总有一天自己也能成为那样的人，这才去当了宫廷魔导士。

但是，摆在带着那种信念的格伦面前的，只是魔法带来的血淋淋的悲惨"现实"，以及……不管他多么努力，不管他多拼命地伸出手，都还是会有从手中掉落下去的无法拯救的人。这种理所当然的，极其残酷的"事实"。

正义的魔法使那种人——根本不存在。

"真是……不顺利啊……"

格伦低声地这样嘀咕。

沮丧地垂下肩膀，他深深地叹了口气。

第五章 莉耶尔

第二天，到研究所参观学习的日子到来了。

上午吃过一点东西后，格伦和二班的学生们就从观光街的旅馆出发了。以塞涅利亚岛中心的白金魔导研究所为目标，一个跟一个地开始走起来。

尽管塞涅利亚岛东北沿岸部分的观光街周围有了适当的开发和发展，但实际上，岛上大部分的地方到现在仍是未开发的树海，是未知的领域。

那些未知领域的生态体系，人们至今还没能完全掌握，在魔法学院或帝国大学的调查队定期进行调查时，甚至会有发现新品种动植物或魔兽的报告。

除去能够确保安全的岛上东北沿岸周围，以及几个用于野外散步的例外区域，岛上大部分地方至今仍然禁止一般人入内。

作为这次"远征学习"目的地的白金魔导研究所，就设于塞涅利亚岛上将近中心的位置。

格伦他们顺着连接东北沿岸部分和中央部分的道路，向着岛中央不停地走着。这是一条用石板铺成的贯穿树海的道路，左右两边是郁郁葱葱的原始森林，生长得很茂盛的树梢遮盖在头上，从缝隙中漏下的些许日光在道路上形成细小的光斑。

说是铺好的道路，但和费吉特那种精致的石板路还是相差甚远，明显地保留下了自然起伏，石板也排列得很杂乱，非常难走。有些地方甚至没有铺石板，是一段不成路的路。

除了有过长时间从军生涯的格伦，和少数几个出身于乡下，

第五章
莉耶尔

为了上学而来到费吉特的学生之外,基本上都是城市孩子的学生们很快就开始喘气了。

"哈,哈,呜……"

"哈……哈……"

"喂喂,你没事吧?琳。我还有余力,要我帮你拿行李吗?"

"……谢、谢谢你,卡修同学……你真不愧是,想在将来当冒险者的人……"

"哈哈,只是因为我是乡下孩子而已。"

"呀……为什么……高贵的我……要像这样……给我调马车来……马车……"

"呼……你可真是……没出息啊……温蒂,对你这样的……大小姐来说……是不是超负荷了?"

"这么说的……你才是……平常的那种活力……都不见了啊……吉布尔!"

露米娅她们同样走得很辛苦。

"哈……哈……哈……"

露米娅一边喘着气,一边擦着额头的汗,就算如此也还在拼命前进。希丝缇娜担心地问她:

"……没事吧,露米娅?"

"谢谢……可能……不算没事啊……希丝缇呢?"

"我也很吃力……不过,总算还能坚持……吧?"

的确,正如她所言,希丝缇娜的动作里多少带着点疲惫,但在气息上,她在全班当中算是轻松的。

"你好厉害啊,希丝缇……我都已经筋疲力尽了……"

"不过,奇怪啊……我和露米娅的体力明明应该是差不多的……难道说,是连日来的那个显出效果了?"

"……嗯？那个？"

"咦？啊，不是！没什么！"

希丝缇娜慌忙摇头，露米娅不可思议地歪头看她。

"话、话说回来，说到厉害的话……果然还是那孩子吧？"

像是要岔开话题一样，希丝缇娜转向后方看去。

而在那里的，正是一直贴在她们身后的莉耶尔。

莉耶尔的模样完全和平常一样。在或多或少脸带疲色的学生们当中，莉耶尔却是一如既往的那种困倦的面无表情。气息一丝不乱，汗也没有一滴，说起来，甚至有一种她并没有在呼吸的静谧感。

"……不愧是宫廷魔导士……军人啊……"

希丝缇娜用只让露米娅听到的音量悄声感叹。

"不过，莉耶尔……没事真是太好了……"

话题移到莉耶尔身上，露米娅就回想起了今早的事。

"我早上醒来时，莉耶尔没在房间里……"

"大家吵吵嚷嚷地去找了一通也没找见，直到出发前一刻，她才突然冒出来。"

希丝缇娜也回想起今早的骚动，叹了口气，只转过头对莉耶尔说道：

"真是的，你可不能太任性了哦？莉耶尔。如果总是那样子的话，你可就要变成格伦老师那样的人了哦？"

"……"

面对希丝缇娜的叮嘱，莉耶尔依然沉默。就在这时——

"呃！"

似乎是铺得杂乱的石板出现了崩塌的地方。正好踩在那里的莉耶尔虽然勉强没摔倒，却也一下子失去了平衡。这可是在

第五章
莉耶尔

莉耶尔身上难得一见的失误。

"莉耶尔?"

露米娅连自己的疲劳都忘了,连忙跑到单跪在地上的莉耶尔身边。

"……你没事吧?这附近不好走,要小心一些。"

接着,露米娅担心地向莉耶尔伸出手……

啪。

莉耶尔拍掉了伸过来的那只手。

"……咦?"

露米娅露出一副不清楚被怎么了的表情,呆在那里。

"……不要碰我。"

莉耶尔说出似乎带着点攻击性的冰冷话语,站了起来。

接着,她扔下不由得停下脚步的露米娅和希丝缇娜,想要匆匆离开。

"……等一下,莉耶尔。"

实在看不过去的希丝缇娜伸出手,抓住想走的莉耶尔的手臂。

"虽然我不知道发生了什么事,但刚才你也太过分了吧?露米娅是担心你……"

"……吵死了。"

"咦?"

"吵死了吵死了吵死了!"

听到突然大喊大叫的声音,全班人都不禁停下脚步,看向莉耶尔。

那个温顺的莉耶尔,竟然会发出这么显露敌意的暴躁声音。

众人脸上都清楚地表现出不可置信的样子。

"不要管我！不要再管我了！这只会让我心烦！"

"……呃！"

"我……最讨厌你们了！"

莉耶尔单方面孩子般地叫嚷着，甩开希丝缇娜的手，猛地转过身，怒气冲冲地离开。

吃惊得说不出话来的露米娅和希丝缇娜就这样被她扔在了身后。

"……怎、怎么回事？"

"那三个人……直到昨天……都还是关系很好的吧？"

"我还以为她们相处得很融洽呢……"

"……是发生了什么事吗？"

学生们一边拘谨地窥看着露米娅她们一边窃窃私语。

"……呃！什么啊！莉耶尔，你到底……"

就在血冲上头的希丝缇娜想要追着莉耶尔抗议时——

"哇！"

她的手被露米娅抓住了。

"露米娅？"

希丝缇娜回过头，只见露米娅一脸悲伤地摇了摇头。

"虽然我不知道发生了什么事，不过……现在就先让她静一静吧？"

"……既然你这么说了……"

尽管不认同，希丝缇娜也还是深深地吐着气想让自己冷静下来。

"不过，这到底是怎么了？突然之间就变了态度……真是莫名其妙。"

"……呐，希丝缇。"

第五章
莉耶尔

带着忧愁和悲伤的表情,露米娅继续说道:

"她果然是讨厌的吧?"

"呃!"

"莉耶尔……明明和我处在不同的世界……我却任性地折腾她……会不会她其实是很讨厌的,却一直勉强自己奉陪到现在?我……是不是多管闲事了?"

露米娅伤心地这么说。

"才没有这种事。"

突然,背后飞来一道冷淡的声音,露米娅和希丝缇娜都吓了一跳,转回头去。

出现在那里的是给队伍殿后的格伦。刚才的骚动使得所有人都停下了脚步,所以他也追上露米娅和希丝缇娜。

"老师……"

"我要向你们道谢。那个社会性、协作性、毫无常识、不适应社会的女生,亏得你们一直陪她到现在……谢谢。"

"那种事……我只是……"

"还有,我也要道歉。其实,昨晚我说了多余的话,惹怒了莉耶尔……那家伙才变得有点情绪不稳定……抱歉。"

"说什么道歉……莉耶尔变得那样,原本是你搞的鬼?"

这时,希丝缇娜竖起了眉毛。

"难道说,她早上不在房间里,也是因为你?真是的!你到底是说了多没脑子的话啊!"

就像是在说"所有的一切都能理解了"一般,希丝缇娜责备起格伦来。

但是——

"……"

"……咦？"

格伦完全没有像平常那样找些孩子气的借口和歪理，只是仿佛难为情又仿佛抱歉一样地沉默着。看到他露出像是被责骂得沮丧起来的少年一般的表情，希丝缇娜想气也气不起来了。

"……那家伙啊，就是小孩子。"

格伦轻声说。

"虽然外表和你们差不多，但……心理还是很年幼的孩子。她的成长经历很特殊，令她不得不变成这样……"

"成长经历？那是……"

在希丝缇娜禁不住这样问时——

"详情还是不要问比较好吧？"

露米娅像是察觉到了什么，打断了她的话。

"你能这么体谅，真是帮了大忙。你们对那家伙这么好，我也不想向你们说谎。"

想对莉耶尔的过去刨根问底的希丝缇娜听到露米娅和格伦的对话，想说的话全就被堵住了。

"……嗯？怎么了，白猫？"

"什、什么事都没有！"

"……嗯？算了。总之，就是这样。我希望你们不要讨厌那家伙……那个……或许是很难……"

"你不用担心。"

露米娅像是要让格伦放心般地笑起来。

"之前一直都很顺利，刚才突然被拒绝，我们才吓了一跳而已。我们不会因为这点事就讨厌莉耶尔的。"

"我们没有关系。倒是老师你，请早点和莉耶尔和好哦。真是的，老师的所作所为总是会波及到我们……受不了！"

第五章
莉耶尔

希丝缇娜板起脸转向旁边。虽然说话带刺,但她那种笨拙的关心也令人高兴。

挺好的孩子嘛,就是有点……傲慢。

或许这是他自以为是的想法,但,比起在血腥残酷的黑暗世界里动用剑和魔法,莉耶尔果然还是和这些家伙在一起待在阳光下的世界里更好。希望她能待在这样的世界里。

格伦含糊地这样想着。

之后,大约过了两个小时。

在面对陡峭绝壁的道路上蛇行,走过架在山谷上的桥,沿着有冰冷清澈的水流过的溪谷前进……一行人终于抵达了白金魔导研究所。

"……真是的,干吗在这么偏僻的地方建研究所啊……"

或许是连格伦也感觉到了疲惫吧,他一边抱怨一边抬头去看前面的研究所。

白金魔导研究所是一座像神殿一般的建筑物,背后不远处就是从徒峭绝壁上流下来的美丽瀑布,两边则被原始森林所包围。研究所正门前是开阔的广场,广场前后左右是空出间隔规则排列的正方形石板,以及零星生长的水生树木,石板和石板间还有清澈的浅水在源源不断地流过。

水流声不停地钻进耳朵里,瀑布潭不断升起的水雾给神殿的底端笼上一层轻薄的白纱,水珠反射着太阳的光芒闪闪发亮,七色的彩虹鲜明地挂着。这样的风景,真是拿来当观光胜地也一点都不奇怪的绝佳景色。

"不过,跑到这种远离尘世的地方,比起到研究所参观学习,反而更有来古代遗迹调查的感觉……"

看着眼前没有现实感的光景，格伦在不知不觉中说出了这种话。

"哈……哈……不行了……"

"累、累死了……"

在他周围，已经筋疲力尽的学生们全都坐在地上，脱了鞋子把脚伸进流水里。

莉耶尔在离人群不远的地方，什么都没做，就只是站着。

"呃，一、二、三……大家都在吧？没有走散的家伙吧？"

就在格伦反复确认学生人数的时候——

"欢迎阿尔扎诺帝国魔法学院的各位。远道而来，真是辛苦了。"

在格伦他们面前，出现了一个身穿法袍的男人。

那是个年纪四五十岁的中年男人，头顶已经完全秃了，剩下的头发和嘴边的胡子也透露出白色。不过，看上去完全是一副慈祥和蔼的模样，不可思议地有种容易亲近的感觉。

"我叫巴克斯·布朗蒙，是这所白金魔导研究所的所长。"

"嗨，你就是巴克斯先生啊。"

格伦一边擦着额头的汗一边站直身子，重新转向巴克斯。

"我是负责阿尔扎诺帝国魔法学院二年级二班的魔法讲师格伦·勒达斯。非常感谢贵所对我班今日'远征学习'提供的协助。对身为纯粹的研究型魔法师的巴克斯先生来说，让这些小崽子们在所内溜达或许会郁闷得不得了，不过，这两天还请你忍耐一下吧。"

"哪里哪里，不用客气。"

就算听到格伦那种微妙的不礼貌措词，巴克斯也没有不高兴，依然爽朗地继续回应：

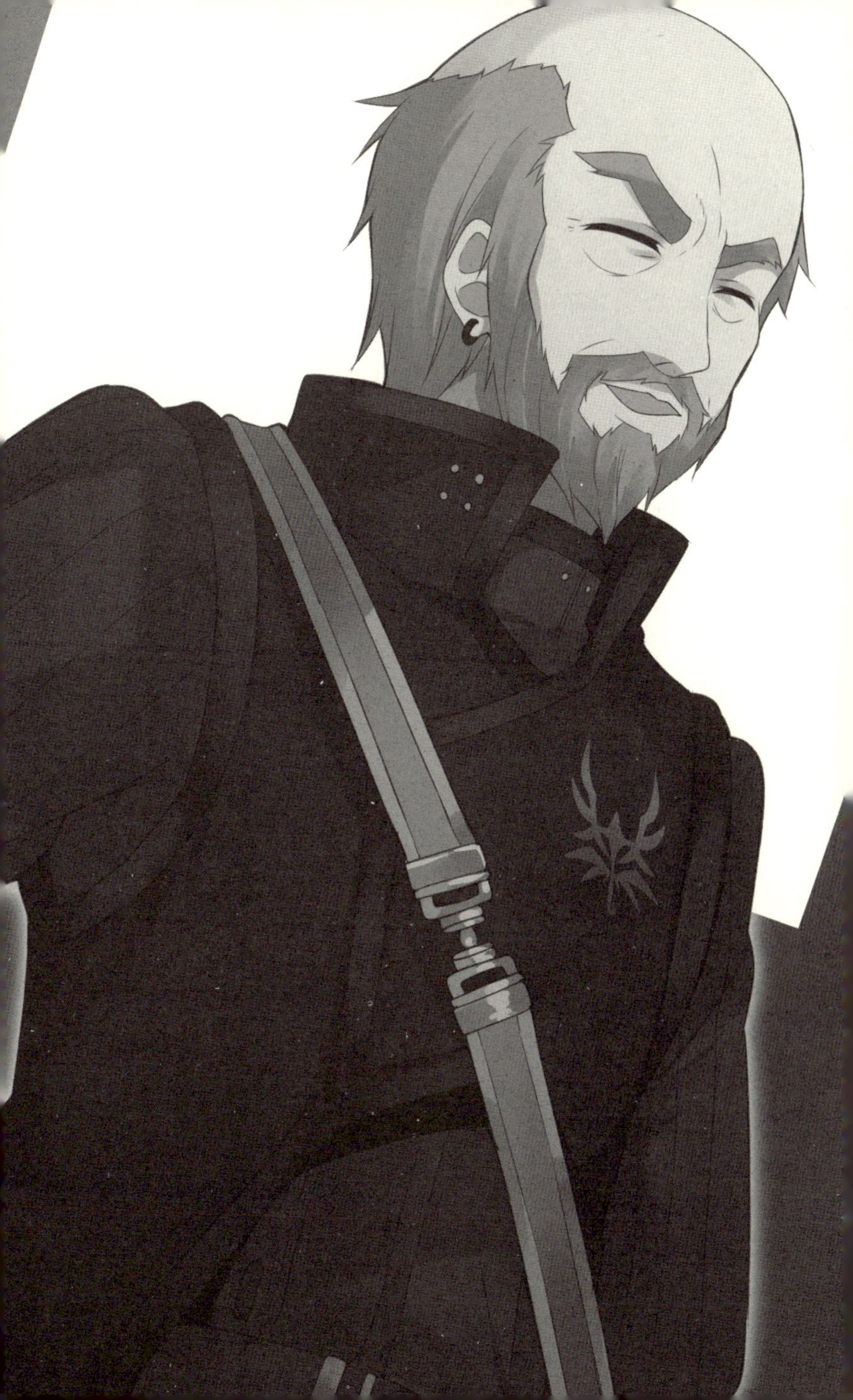

"在这里的各位都是背负着帝国未来的魔法师之卵,能够成为他们的粮食和血肉,就是再好不过的事了。"

"哈哈,你可真是个人格高尚的人。如果换成我,肯定会嫌麻烦,什么都不管。"

格伦苦笑着耸耸肩。

"那么,我们快点进去吧。格伦先生,请集合学生们跟在我身后。我来带领大家参观研究所。"

"啊?难道……是你亲自带人在研究所里参观学习吗?"

格伦大吃一惊地看着巴克斯。

"哎呀,这真是太不好意思了……你也有自己的魔法研究要忙吧……你用不着亲自来啊,随便指派个负责人就行了……"

"没关系的。总是在做魔法研究的话,我也会变得没精神的,偶尔和年轻人接触一下也不错。而且,以我的权限,也能带大家去平常禁止进入的区域看一看。对于肩负着帝国未来的年轻人们,我们也希望让他们见识下最棒的东西,能够多学到一些东西。"

"……真……真的吗?没想到竟然能参观到这个程度……哎呀,真是太谢谢了,真的。"

面对巴克斯的厚待,就连格伦都不得不感到惭愧。

而在旁边看着他们交谈的希丝缇娜也升起了飘飘然的感觉,兴奋地对露米娅说:

"听到了吗,露米娅?这次的'远征学习'好像会很不得了啊!竟然能见识到最新的魔法研究,真是超级幸福!一般来说,就算打着最新的名号,也只能参观到一两代前的研究!"

但是,露米娅却带着有点不安的表情沉默着。

"……露米娅,怎么了?发生什么事了?"

第五章
莉耶尔

"……咦？不是，没什么，什么事都没有。待遇实在太好了，我只是很吃惊而已。巴克斯先生真是个好人啊，对吧？"

"是啊。纯粹的研究型魔法师，人格高尚到这种程度的很少有吧？"

对，所以那只是错觉——露米娅说服着自己。

露米娅是在魔法论文里知道巴克斯这个名字的，并没有见过巴克斯本人。今天是实际上的初次会面。

所以……

在巴克斯和格伦交谈的时候，也就仅仅一瞬间，露米娅感觉到巴克斯似乎用冰一样寒冷的目光看了下自己……这种事，一定是自己的心理作用。

她不能说出那种没有根据也没有确证的不安，让很期待接下来的参观学习的好朋友担心。

露米娅告诉自己那只是错觉，并努力忘掉。

在巴克斯的带领下，格伦和学生们在白金魔导研究所内四处参观。

白金魔导研究所的确和"水之神殿"这个形容非常相符。

所内不管是室内还是通道都遍布水路，总之，到处都有清澈的水在流水，充满了洁净的水的味道。而且，明明是建筑物之内，却生长着一丛一丛的树木或是其他植物，空间里充满了甚至能用肌肤感受到的绿色生命力。光苔也长得到处都是吧，本该昏暗的建筑物内明明没有窗户和油灯的光亮，却不可思议地能够保持恰到好处的明亮。另外，每隔一定的距离，就并排竖立着黑亮的石柱，其表面布满某种术式。虽然因为太复杂而看不懂，但大概是将所内环境维持在一定程度的术式吧，希丝缇娜这样估计。

"白金术……白魔法和炼金术的复合术。正如大家所知，这个领域主要研究的是生命本身。在研究上时常需要充满新鲜的生命玛那的空间，因此这里才会成为这个样子。不过，稍微有些难走，这算是附带的小赠品吧。"

接着，巴克斯带着学生们慢慢走过研究所内的各种研究室。

有的种植着各种品种和效用的药草，用来试验药草品种改良。

有的在法阵上并排着岩石或结晶，用来开发矿物生命体。

有的收纳着多种多样动植物的巨大玻璃圆筒并排在狭窄的地方，用来进行有关生物肉体构造的研究。

有的将许多动植物杂交，进行创造合成魔兽的研究。

还有安置着许多台巨大的整体型魔导演算器，对人和动物的庞大遗传信息和灵魂信息进行解析。

……不管走进哪一间研究室，都是超一流魔法师的研究员们目不斜视地埋头于工作当中的场景。

"……真厉害。"

"嗯……好厉害。"

"这就是……精华吧。"

学生们看到这些因为设备和环境的关系，平常看不到摸不着的，完全是另一个领域的众多魔法研究，全都一脸震惊。

"……真的好厉害啊。想不到人类竟然能做到这种程度……"

就连希丝缇娜也不例外，从刚才起她就很感兴趣地看着一个研究员工作。那个研究员一边用咒文小心翼翼地控制着管风琴样子的魔导装置，一边在极微小的等级下操作生物的细胞及其情报。魔导装置旁边竖着魔晶石的石板，细胞的操作结果以及画像都会通过光魔法投影在那上面。

希丝缇娜一边丝毫不放松地注视着那边的情况，一边对旁边的露米娅说：

"虽然我打算将来专攻魔导考古学，不过……看到这个后……心里也有点动摇呢……露米娅呢？"

"我的志愿嘛……不是研究者，而是魔导官员。"

随后，露米娅像是只说给希丝缇娜一人听似的，悄悄地和她耳语：

"而且……看到这里后……我总觉得很害怕。"

"……害怕？"

"那个……人类像这样擅自摆弄生命，这真的好吗……"

听到露米娅坦率的说法，希丝缇娜不禁抽了口气。

对，恐怕学生们都只是表现出不去想这些的样子而已……不管对谁来说，这肯定都是会担心的事吧。

的确，他们在这个研究所里看到的东西，不仅仅是漂亮和神秘而已。

能降生是很好，但结果也只能在玻璃圆筒里存活，在参观到这种魔造生命体的标本时，就会感觉到难以表达的罪恶感和愧疚感。还有那种会让人禁不住移开目光的，造型奇特异的次品标本。还有一项现在似乎是被冻结了的研究，但在过去，似乎曾只以杀人为目的来制作战争用的合成魔兽兵器。研究内容的概要和经过、结果都在展示室里展示了。

看见玩弄生命这一行为时会造成道德上的愧疚感，就像是亵渎神一般的傲慢行为，露米娅会害怕也是不无道理的。

但是，就算这样，神秘生命的探究也是魔法里永远的主题之一。只要接触过一次那个禁忌果实，只要是人类，以及，只要是魔法师，都会无法压抑住对知识的贪婪好奇心。人类对神秘生命的研究脚步已经永远都无法停止了吧。

毕竟，就连平常宣称讨厌魔法的格伦都敌不过它的魅力，禁不住对研究看得入迷起来。对此，希丝缇娜也深感惊讶。

"这样啊……如果在这上面做得过分，就会堕落成异端魔法师了……"

在看到这些之后，希丝缇娜压抑着内心的某种冲动，非常不痛快地嘀咕。

"我觉得，只要是人类，会渴求知识也是没办法的事。可是，需要有一个度才行。自己在做什么，为了什么而做……不能忘记这些。"

"……嗯，是啊。要小心不能被其吞噬才行。"

仿佛要让自己冷静下来一样，希丝缇娜长长地呼了口气。

"不过，怎么说呢……果然，这里似乎没有在进行'那个研究'啊……算了，那也是当然的。"

像是想改变这种沉重的气氛，希丝缇娜开了个玩笑。

"'那个研究'，是指什么啊，希丝缇？"

"呃，是关于死者的苏复、复活的研究。帝国曾经有一个大规模启动的大魔法项目，我记得那个项目的名字是……呃……"

"……'Project:Revive Life'。"

突然，背后插进来了第三个人的声音。

希丝缇娜和露米娅两人带着吃惊的表情转回头去，看到依然是一副慈祥和蔼样的巴克斯站在那里。

"真没想到会从学生的口中听到这话……你的知识面很广啊。有像你这样的优秀年轻人在，帝国的未来真是一片光明啊。"

第五章 荷耶尔

"哪里,您过奖了……我只是碰巧知道而已!另外,真是抱歉,我说了失礼的话!"

希丝缇娜立刻不好意思起来。

不明白希丝缇娜为什么要道歉的露米娅说出了心头浮起的疑问:

"请问……巴克斯先生,那个'Project:Revive Life'……到底是怎么回事?"

"嗯?你是指……"

"那个……复活死去的人在理论上是不可能的,这一点我们在学校学习过……"

"呵呵,出自马威尔宇宙区域理论的派生论,死亡的绝对不可逆性,是吧?"

巴克斯笑眯眯地回答。

"的确,正如你所说,生物的构成要素是作为肉体的'原料体',作为精神的'星体',作为灵魂的'以太体',这三个要素,但……死亡的生物个体上,这三个要素就分离了,各自回归各自的圆环。也就是说,'原料体'回归自然的圆环,'星体'回归集体无意识的第八世界……也就是意识海,'以太体'回归轮回转生的圆环,也就是天理之轮。因此……"

巴克斯停顿了片刻,然后笔直地看着露米娅说道:

"生物死后,只要'星体'在意识海里消融,'以太体'转生为下一个生命,那么,死者就不可能复活——这就是死亡的绝对不可逆性。到目前为止,还没有可以颠覆这种死亡绝对不可逆性的魔法。因此,那个作为复活死者计划的'Project:Revive Life',俗称……"

"'Project:Revive Life'啊,总之,就是把刚才巴克斯先生说的那个生物三个要素替换成别的东西,以此来尝试让死者复活。"

突然,不知为何,格伦像是打断巴克斯的话一般插进话来。

"以从想要复活之人的遗传情报里提取到的'遗传基因代码'为基础,用炼金术炼成替代肉体,用将他人的灵魂进行过初始化处理的'变更以太'作为替代灵魂,用'星体代码'将想复活之人的精神情报进行变换来作为替代精神。而最终,将替代肉体、替代灵魂、替代精神这三个要素进行合成,令原本的人复活……概要地说,就是这样的术式……"

"呃,等一下,老师!谢谢你的说明,可是,我正在和巴克斯先生说话哦?你这样从旁插话是很失礼的!"

"哎呀,失礼了。因为听到了我很感兴趣的话题,就不由自主……"

格伦嘿嘿傻笑着安慰生气的希丝缇娜。

"啊,打断了你的话真是抱歉,巴克斯先生……"

"哪里哪里,没有关系。说起来,真不愧是学院的现任讲师阁下,说明起来条理清晰,比我的说明要更容易理解啊。"

巴克斯和蔼可亲地笑着,格伦则苦笑起来。露米娅斜眼瞥着他们,想起了一个人。

死者复活计划"Project:Revive Life"。

总而言之,就是把复制品、复制品和复制品杂交在一起,制作出复制人类。全都是复制品,和被复活的原本的人其实并不是同一性质。

"可是……这样子,可以称为复活吗?"

"的确,用这种方法复活的人类,在严格意义上并不能称为原本的人。但是,对周围的人来说,本来已经失去了的人又带着完全不变的模样和人格、记忆回来了……也有人主张这个意义上的实用性。如果成功的话,那些伟大的英雄或是优秀的人才就算意外死亡,也能立刻复活一个拥有完全相同能力和模样的人……就是这种想法。"

露米娅感觉有点凉飕飕的。一想到就算自己死了,希丝缇娜她们也会把另一个自己当成露米娅来对待……又或者是反过来的情况。

越是想象,她越是觉得那是某种扭曲,让人非常不愉快。

"我非常明白你的不安。你所感觉到的东西,大概在项目前后也是时时被议论来议论去的东西吧,帝国国教会的司祭们也讨论过很多次。在某个时期,就连雷萨利亚王国的圣艾利萨雷斯教会也出面了。"

的确是那样吧。生命是神创造的东西,在生存的尽头是死后的祝福和对来世的希望,这是新旧艾利萨雷斯教所主张的教义,而那个研究内容则从正面否定了它。在信仰之心深重的宗教人士之间的确会引起相当大的争执和混乱吧,这并不难想象到。

"不过,请放心吧。这个项目从结论上来说,也是以失败告终了。因为在研究进行的过程中,遇到了魔法语言'卢恩语'的作用限界这个绝对性问题。结果,项目也就轻而易举地被废弃了。"

"……作用限界吗?"

"是的。"

"那么,到底是怎么回事?不是因为当时的术式构筑技术不够而制作不出来吗?"

露米娅不可思议地回问。

"露米娅。卢恩语，是接近'原初之音'——诞生于这个世界的最初灵魂所发出的音色——的语言，这一点你还记得吧？"

回答露米娅这个问题的是格伦。

"啊，是的。正因为卢恩语是接近'原初之音'的语言，咏唱起来才需要特殊的发声术，就算我们在表层意识上无法理解其意义，但在深层意识下却是完全能够理解的吧？只不过，说是接近'原初之音'，但毕竟是人类创造的语言，和天使语、龙语相比起来，还是非常粗糙的……"

"嗯，没错，你记得很清楚。那么，话说回来，用那个卢恩语编组成魔法函数，再用魔法函数编组成魔法式。但是，使用卢恩语的话，无论怎么做，都无法构筑出能够合成刚才那三个要素的函数和式。这不是因为术式构筑技术的不足，而是卢恩语这个粗糙的魔法语言本身所带有的问题，从卢恩语的可能性条件上，可以证明那个术式是不可能成功的。这就是魔法语言卢恩语的作用限界。"

一口气说明完这些后，格伦耸了耸肩。

"总之，不管是本领多么高强的刀剑锻造师，只要是以钢为材料，都无法制作出能够斩断真银之盾的剑，毕竟真银无论是硬度还是韧性都更胜一筹。"

"哈哈哈，真是个好比喻啊，格伦老师。"

"而且，还有一个致命性的问题。应该说，那才是大问题。"

格伦没有在意那句称赞，而是继续淡淡地说下去：

"复活所需要的三个要素之一，灵魂体的替代品'变更以太'。要制作出那个，就只有一个方法，那便是将许多无辜之人的灵魂抽出，进行加工和精炼。"

"咦?!这个……难道……"

"是的。想要复活一个人,就需要更多人的死亡。这种事是不可能被允许的。人类不是神,没有权利对应该活下去的人做出取舍。"

"哎呀呀,格伦老师完全抓住了关键之处啊。就是这样,问题不断冒出来,那个项目就被封印起来了。"

巴克斯一边和气地笑着,一边凑过来的格伦所做的说明进行补充:

"不过,据说某个魔法结社把这个项目偷了出去,派出身为绝世天才的炼金术师,竟然通过努力将它完成了……也有这种让人怀疑的趣闻在流传。"

"这么说来,的确是有这种流言啊。不过,完全是都市传说的等级了。"

"……老师?"

刚才有一瞬间,露米娅察觉到格伦露出严肃的表情。

"……没什么。"

突然间,格伦冷淡地将脸转向一边。

露米娅想挥去格伦带来的这种微妙气氛,特意向巴克斯问道:

"那个……这只是出于我个人的兴趣问的……如果,真的想让那个'Project:Revive Life'成功……到底需要做什么呢?假设那个牺牲者的问题能够得到解决的话……"

"哦?你想挑战那个被烙上绝对不可能之印的'Project:Revive Life'吗?"

"啊,不是,并不是这样,真的只是我个人的兴趣……"

露米娅慌忙摆起手。

"就算是也没关系。我们已经被魔法的常识紧紧束缚住,也没有机会从跟前重新看起了。年轻人的视点，果然是让人羡慕啊。"

"啊、啊哈哈……哪里哪里……"

看着害羞起来的露米娅，巴克斯用手捂着嘴，稍微思考了一会儿。

"嗯……这个嘛……要让被称为不可能成功的'Project:Revive Life'成功，可以有两大类方法。首先第一个，是固有魔法。"

"……固有魔法？"

"嗯，是的。所谓固有魔法，是某个人运用自身拥有的个人魔法特性……也就是灵魂的应有状态来实施的魔法。固有魔法往往能够达成理论上不可能的术式。如果能有一个人拥有针对'Project:Revive Life'的特殊化魔法特性，那个人就一定能够让其成功吧。"

"可是，那种人的出现不就是天文学等级的概率吗？"

希丝缇娜禁不住从旁插话。

"哈哈哈，那是肯定的。而另一个方法……就是使用比卢恩语还要接近'原初之音'的魔法语言。比如说，龙语或天使语。这些语言和卢恩语相比，接近'原初之音'的程度要大得多，那么成功的可能性也就非常大了。"

"可是，人类也没办法把龙语或天使语拿来当魔法语言用……"

"是的。所以，除了龙语和天使语外，如果还有比人类使用的卢恩语更强的魔法语言……不过，这个前提本来就很奇怪吧。"

巴克斯别有深意地呵呵笑起来。

"对、对不起,问了这种无聊的事……"

"没关系。像这样和年轻人们聊一聊,我就像是也年轻起来了一样。何况,对象还是像你这样的美丽小姐,那就更加了。"

"哪、哪里……"

"啊哈哈,您可真会说话啊,巴克斯先生。"

露米娅和希丝缇娜都不好意思地羞涩起来。

"好了,这话题就先说到这里,到下一个房间去吧。今天可还有许多地方都想让你们看一看的……"

诸多神秘的东西一个接一个地出现在眼前,惊讶接连不断。对于将来想要以某种形式走上魔法相关之路的魔法学院学生们来说,这是非常有意义的一段时间。

时间转瞬即逝,在研究所的参观学习结束时,已经是傍晚时分了。

学生们依依不舍地踏上归路,参观学习的兴奋还没有冷却下来,使得他们连走过难行道路的疲劳都忘记了,一路都在议论着魔法,在不知不觉中就回到了东北沿岸部分的宿舍。这时太阳已经落下,天色都暗了下来。

自由时间开始。还有精神的人或是去镇上吃东西,或是去逛摊子,累了的人就回宿舍房间去休息,学生们分成许多支小队,开始照着各自的想法行动。

莉耶尔独自一人离开了那些家伙们,什么都没做,只是呆呆地站在宿舍的建筑物前。她的背影看上去显示比平常要小。

露米娅看不下去,下定决心去和她搭了话。

"莉耶尔。我们接下来打算去镇上吃点东西,不介意的话,你也一起……"

"……不要。"

但，莉耶尔明确地拒绝了，接着就不知道向着哪里迈步离开。

"莉耶尔……"

露米娅悲伤地看着她的背影。

希丝缇娜浮现出些许焦躁的表情，瞪着莉耶尔的背影。

这时，有一个人冒失地向那样的莉耶尔走近过去。

"喂，你也适可而止一些吧，莉耶尔。"

是格伦。

他也不能再视而不见了。只是关系处不好也就算了，但莉耶尔这个情况，会对护卫露米娅这个高于一切的目的有妨碍。做好了严厉斥责她的准备，格伦抓住了莉耶尔的肩膀。

"你要一个人闹别扭到什么时候……"

"吵死了！"

莉耶尔甩开了格伦的手，逃跑似的冲了出去。她一边拨开行人，一边冲进小巷子里，片刻间就消失无踪了。

"……喊，那个笨蛋……"

那么，该怎么办？格伦烦恼着该怎么应对莉耶尔才好。

"请你追上去，老师。"

露米娅对格伦说道。

"我们没关系的，现在重要的是莉耶尔。就算我们追上去，大概也是反效果吧，所以……现在，请老师陪在莉耶尔身边。"

"……抱歉。"

格伦自己也放不下现在情绪不稳定的莉耶尔。

"我去和莉耶尔谈谈。"

留下这句话后，格伦也追着莉耶尔跑了出去。

第五章
莉耶尔

"哈……哈……哈……"

在如同激流般向后方流去的风景当中,莉耶尔在涌起的冲动之下一个劲地跑边忧虑。

为什么呢?闷闷不乐,气息不顺,胸口很闷,眼角很热。

我是生病了吗?

没有答案的疑问在心里翻滚激荡,完全没有消散的意思。

表情悲伤的露米娅。

表情愤怒的希丝缇娜。

被她们用那样的目光看着……为什么心里会这么郁闷,为什么眼角会发热,为什么会觉得不快,心情非常糟糕呢?

难道说,自己做了什么错事吗?

……和那没有关系。是因为她们,格伦才从我身边离开。

我不可能和把格伦从我身边夺走的家伙们待在一起。

不对的是她们,是她们。

所以,我肯定是最讨厌她们的。

所以,之前和她们在一起时所感觉到的舒服感什么的,都是假的。

所以,心里这么难过也都是错觉。肯定是心理作用。

可是……

"那么,为什么……会这么痛苦呢?"

一边不停地反复思考着同样的事,莉耶尔一边跑着。一个劲地跑着。

就像是要逃开什么一样。就像是要把钻进死胡同的思考甩掉一样。

她就只是埋头奔跑着。

而……

莉耶尔就这样跑到了东北沿岸部观光街的更北端。

她跑到了旧开发地区。

这附近在过去曾作为观光地进行过开发,但之后因为种种事情又放弃了开发,现在就是没有一个人影的幽灵镇。

连一点油灯灯光都没有,周围一片黑暗。

莉耶尔就在这个死寂的镇子里漫无目的地走着。

终于,在没有目的地徘徊中,莉耶尔走到了被废弃的旧港。

涌过来的波浪拍打着码头,溅起的水珠在空中飞舞。

呼啸的寒冷海风毫不留情地扎痛莉耶尔的肌肤。

展现在她眼前的,是一片如同深渊般漆黑的广阔海洋。现在,这一瞬间,不管有什么样的怪物从海底出现都不奇怪——正是暗藏着这种原始恐惧的黑暗领域。

为什么呢?

昨晚,和露米娅、希丝缇娜一起看的夜之海明明是如此美丽。

现在的海却成了只会让她恐惧得膝盖发抖的魔物。

已经再也见不到那样美丽的月夜之海了吗?

莉耶尔突然想到了这种事。就在这时——

"……呜。"

不知为何……

"……嘶……呜……"

莉耶尔……

"为什……么……为……什么?"

眼角自然地溢出了泪水,喉咙里响起呜咽。

第五章
莉耶尔

她没有大声地哭泣。

但，没完没了的泪水不停地涌出来，看不出有止息的意思。

到底，是什么？这种像是要压碎胸口般的感觉。

我不对劲。

自从因为任务而去到那所学院，和那两人一起生活后，就开始不对劲。有什么错位了。明明之前都没有感受过这种感觉……

莉耶尔独自一人静静地哭泣着。

……

然后——

那是非常突然的事。

"……你在哭吗，莉耶尔？"

有声音在莉耶尔的背后响起。像是在哪里听到过的声音。

而且，直到对方出声为止，莉耶尔都没有察觉到有人在接近自己……现在的自己好像真的是很不对劲。

"谁？"

莉耶尔立刻转回身，顺着转身的动作弯下身体，手摸上地面，立刻炼成了大剑。

站在刹那间旋转过来的剑尖前方的，是一个身穿白衣法袍的青年。

而那个青年的头发，是帝国里罕见的鲜明的蓝色。

——咦？

自己……是不是在哪里……见过这个青年？

"……你、你是谁？你到底是谁！"

但是，想不起来。

快要想起来的时候，记忆和思维就会像雾般一片白茫茫，令她抓不住青年的真正身份。

被理由不明的焦躁所驱使，莉耶尔用颤抖的剑尖指着青年，咬牙切齿地诘问。

"真过分啊，你连我都忘了……不过，毕竟这么久没见面，这也没办法吧。"

"回答我！你……你到底是谁？为什么认识我？"

"……没事的。"

和勃然大怒地咆哮，现在就想扑上去的莉耶尔正相反，青年那张温和平静的笑容没有一点改变，周身带着一种由衷地相信着莉耶尔般的气氛。

"你应该知道我是谁的。好好想一下……"

"……"

莉耶尔注视着青年的脸。

那五官，举止，表情。果然，似曾相识。

到底，是在什么时候，什么地方见过？

□□□□□□□□□□□□□□□□□□□□□□□□□□

随后——

那个答案……不知为何，突然就从心底深处像泡泡一样轻飘飘地浮上来了。

"……哥哥？难道是……哥哥吗？"

莉耶尔一边为自己的嘀咕震惊，一边盯着青年。

青年微微一笑……

"是啊，莉耶尔。好久不见了……我一直都很想见你。"

他这么说道。

第五章
莉耶尔

"……喊。"

飘荡着薄雾的夜间森林,在其深处,那沉沉的黑暗当中。

身穿漆黑的外套,抱着手臂背靠大树的男人——阿尔贝特因为太过气愤而禁不住喷了下舌。

阿尔贝特所在的这个地方,是东北沿岸部分观光街的西边树海,也是禁止进入的领域。

他在这里启动了多重远视魔法,监视着露米娅她们。

因为莉耶尔从露米娅她们身边离开,所以他也用魔法之眼在监视那一边。

"……来了啊。"

敌对组织——天之智慧研究会,似乎并不打算放过这个机会。

不过,这次也这么诚实地出手了,那些家伙的手伸得如此之长,还是让人打心底里感到可怕。

——格伦还需要一点时间才能跑到莉耶尔身边。

——我也行动起来比较好吧。

做出这个判断,阿尔贝特就准备向观光街那边跑去,但——

"……哼。动作可真快。不,应该说,是我太天真了啊。"

阿尔贝特立刻停下脚步,开始小心翼翼地警戒四周。

不知道什么时候起,周围布下了明显的让人回避的结界。而且,还附赠了隔绝声音的术式。这样一来,不管结界内发生了什么事,都不会被人注意到了吧。

这种偏僻的地方,明明无关人员是不会特意过来的,看来,布结界之人的性格似乎非常小心谨慎啊。

接着——

"呵呵……今晚您就一个人吗,阿尔贝特大人……"

带着某种危险热度的妖艳女声响彻四周。

"那么，今晚就让我来陪陪您吧？我今天可是热得不得了……只要您让我陪陪您……"

在阿尔贝特的后方，那个女人从树木的阴影里现出了身影。

"真是不巧。"

阿尔贝特以没有一丝多余的洗练动作，在回头的同时挥动左手手指。

已经咏唱完毕的咒文滞后发动，黑魔法【闪电强击】的闪亮电光撕裂黑夜，笔直地向着那个女人疾驰而去。

女人跳跃起来避开，飘轻轻地在近处大树的树枝上优雅降落。

"我对你这种廉价的妓女没兴趣。去死吧。"

"哎呀，您真是无情呢……而且，很过分呀。请像触摸丝绸一样温柔地对待女性啊。"

"没想到来的会是你。天之智慧研究，第二团'地位'，异端魔法师爱蕾诺雅·夏雷特。"

"哦？我的位阶暴露了吗？军队的各位也挺厉害的嘛。"

阿尔贝特那双鹰一般锐利的双眸盯着站在前方的女人。爱蕾诺雅就像是在黑暗里拉出一道红色，露出妖艳的笑容。

"你出现在这里，也就是说，又在策划什么和那个王女有关的不得了之事吧。不过，也到此为止了。我立刻就让你从此处退场。"

"哎呀呀，您可真是性急。看到女人送上门就性急得不顾一切的男人可是会被讨厌的哦。用不着这么着急……"

爱蕾诺雅低声地咏唱咒文，打了个响指。

紧接着，阿尔贝特周围就有好几个人接连不断地冲破地面

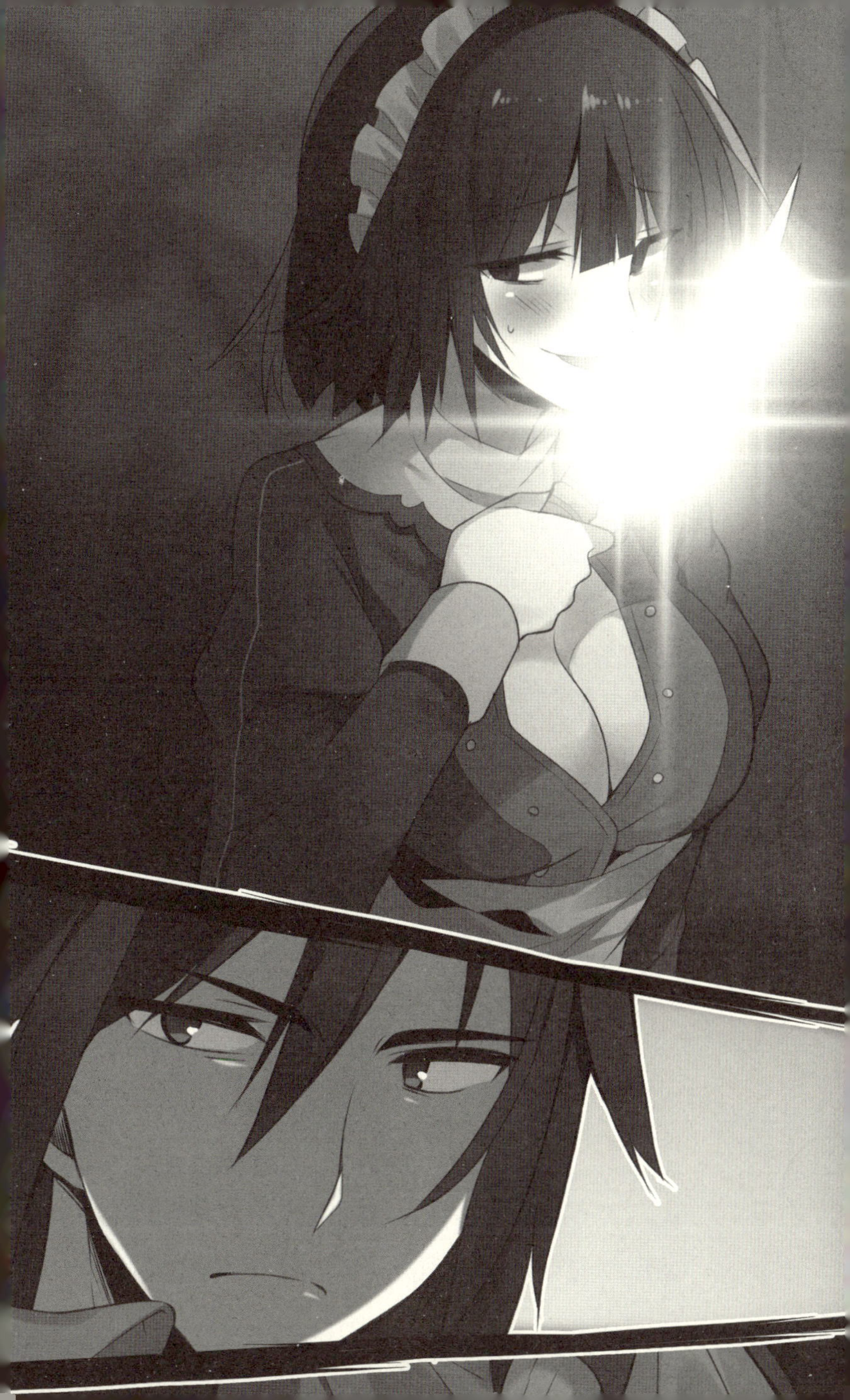

爬出来，站起身包围了他。

这时，腐臭和死臭的气味开始漂荡。

溃烂的肌皮，各处暴露出的骨头，看一眼就能明白，出现的所有人都是死人。

而且，不知为何，全都是女性。尽管不清楚她是由于什么原因，不过，爱蕾诺雅召唤出来的就是只有女性的死者群。

所有人，都是女性——仿佛表现出了爱蕾诺雅那扭曲疯狂的一部分。

"像这样，我们，这漂亮的一群人，都非常努力地准备好要招待你了哦……"

"……死灵术师。"

阿尔贝特唾弃地甩下话，目光锐利地贯穿爱蕾诺雅。

"好吧，异端，我就奉陪好了。不过，我对女人可是很挑剔的。"

"呵呵，我们会尽全力服侍，让阿尔贝特大人感到愉悦的——上吧。"

接着，爱蕾诺雅快速地咏唱起咒文。

回应着她的咒文，死者君一同向阿尔贝特涌来。

"哼，'咆哮吧红莲猛狮'！"

阿尔贝特也呼应着用卢恩语咏唱出一节咒文。

他的左臂燃烧起来……

在深沉黑暗的树海一角，巨大的火柱冲天而起。

"骗人……哥哥……怎么会……为什么……"

愕然地，呆滞地，莉耶尔凝视着眼的男人。

过去，她想保护，却没能保护好的人……失去的目标，让

第五章 莉耶尔

她寻找替代品的目标……现在，在这里，就在眼前。

"你……哥哥……的确是……死了……被那家伙杀了……"

"……那家伙？那家伙是谁？"

"……那、那是……"

莉耶尔沉默了。对。杀了哥哥的那家伙是谁？

□□□□。

不行。想不起来。那处记忆一片白。

"我被谁杀了，这种事完全无所谓吧。对你来说，重要的是，身为哥哥的我像这样再次出现在你面前……是这样吧？没错吧？"

对。连名字都想不起来的那家伙，根本不重要。

"哥哥，为什么……为什么还活着？我记得哥哥的确……"

"的确，在我和你一起从组织里逃走的计划被泄露给组织的那一天，我被组织的人杀了。不过，那个时候你很惊慌，大概没有察觉到的。我还有一口气。"

对，那一天。哥哥死去的，那一天。

那一天，是□□□□□把哥哥□□□□□□□，我□□□□□□□□□□□□□□□□□……

□□□□□□□□□□□□□□□□□□□□□□□□□□□□□□。

"呜……"

头好痛。记忆奇妙地变得空白。不对劲。

格伦曾反复地叮嘱自己不要总去想过去的事，实际上，一旦想去回想，不知为何头就会痛起来，所以也就不想了，但……总觉得，有哪里很可疑。明明应该是仅仅两年前的事情……会像这样完全回想不起来吗？

"你、你没事吧,莉耶尔?那个时候的事,对你来说很可怕吧……如果你觉得不舒服,还是不要深想比较好。"

"嗯……"

听到哥哥关心的话,莉耶尔放弃了思考。

不,必须去想——心中某处轻微地响起警钟,但一想就头痛,莉耶尔就无视了它。

而且,对莉耶尔来说,哥哥的话是应该比任何事都要优先的。

"那、那么……哥哥……为什么会……在这里?"

"那还用问吗,我当然是来见你的啊,莉耶尔。"

哥哥依然带着温和的表情,继续说下去:

"两年前,你奇迹般地顺利逃进了帝国宫廷魔导士团,得到了自由。可是,我却失败了……到现在也还是组织的奴隶。"

"怎么……会……"

听到哥哥的话,莉耶尔升起了心要碎掉似的罪恶感。

如果,哥哥说的是真的……过去曾发誓要保护哥哥的自己,至今为止,到底,在做些什么?

"哥、哥哥……对、对不……起……我……不知道……"

"你不用道歉,这不是你的错。不过,如果你对我感到愧疚的话,那么……"

那个青年依赖般地恳求道:

"……救救我吧,莉耶尔。"

听到这话,莉耶尔的眼睛微微瞪大。

"……救你?"

"你也知道的吧?在那个组织里,背叛者会被怎么对待……我已经忍耐不了了……我能像这样活着,只不过因为我还拥有

第五章
莉耶尔

对组织来说有利用价值的能力而已……"

"可、可是……救你……我该怎么做才好?"

没有表情的脸上浮现出隐藏不住的动摇,莉耶尔战战兢兢地问。

"露米娅·汀洁尔。"

"呃!"

听到哥哥回复的话,莉耶尔脸色苍白地僵住了。

"现在,组织正在进行某个计划。在那个计划里,需要那个叫露米娅的少女……而保护她的那个叫格伦的魔法师很碍事,必须排除掉。"

就算是莉耶尔,也不明白哥哥想说什么。

"帮帮我,莉耶尔。从那之后,我顺从地为组织效力了两年……组织给了我一个机会。只要能抓住露米娅,让某个计划成功的话……组织就答应放我自由。"

"啊……啊……啊……"

也就是说,要她背叛格伦和露米娅她们。

而且,如果听从了这个的话……她大概就无法再回到这一边了吧。

……为什么呢?

格伦的无奈表情,露米娅的悲伤表情,希丝缇娜的愤怒表情,都浮现在脑海里。

为什么,会感到如此可怕呢?

只要是为了哥哥,自己应该不管什么事都会去做,实际上,过去的自己不就是这样活下来的吗?事到如今,又在害怕什么呢?

格伦不过是碰巧有点像哥哥,自己才把他当成了哥哥的替身而已，对露米娅也只不过是因为任务才和她在一起而已，再说到希丝缇娜，她完全就只是个附赠品。

但是……

背叛他们……为什么会让自己感到如此的可怕？

自己不是为了哥哥而活的吗？

除此之外的人事物全都无所谓，自己其实不是这么想的吗？

"呜……啊……啊……我……我……"

莉耶尔抱着头，从哥哥面前向后退。

有种脚下在崩塌似的感觉。

看着哥哥的眼睛，她简直觉得自己就像不是自己一样……

这时——

哥哥悲伤地对着这样的莉耶尔小声说：

"莉耶尔……你不保护我了吗？又要舍弃我去别的地方了吗？"

"啊……"

这一句话，立刻令莉耶尔的心中某处有种什么东西坏掉了似的感觉。

"……我、我……"

就在莉耶尔要说出什么决定性的话时——

"莉耶尔！快离开那个男人！"

突然，威赫般的激烈怒吼声响彻周围，一个人影疾风似的冲过来，插进莉耶尔和她哥哥之间。

那个人影肩上披着的法袍哗啦啦地翻飞，正和莉耶尔的哥哥面对面站着。

"……嗯？格伦·勒达斯！"

第五章
莉耶尔

莉耶尔的哥哥露出混杂着惊愕和害怕的表情,盯着这个突然闯进来的人。

"哦?你认识我啊……你是天之智慧研究会的吧?"

被叫出名字的格伦竖起眉毛,用威慑般的低沉语调对接触莉耶尔的男人扔去问题。

"不、不是……我……"

"不用找借口了。你那身法袍,根本就是那个白痴组织的第一团'门'的礼服。我不可能看错这种混账打扮。而且……"

格伦像是要看透那个男人的脸一般地盯着他。

"只要是那个组织的成员,身体某处应该会有蛇缠短剑这个花纹的刺青。总之,先让我打一顿确认下吧。要是弄错了,让我给你下跪也可以。"

"呜……"

听到格伦这话,男人的脸色变得一片青白,明显地慌张了起来。

看到他这种狼狈的样子,格伦就几乎确信他是见不得光的了。

"真是的,你们天之智慧研究会对工作也太热心了吧。这种时候还要跑出来算计人,偶尔也要偷下懒啊,混蛋。不过,你大意了。"

格伦手里拿着的,是"愚者"塔罗牌。

"我不知道你给莉耶尔灌输了什么,但是,你给了我跑过来的时间,这就是你的失败了,异端魔法师。"

格伦已经发起了他的固有魔法【愚者世界】。以格伦为中心,在一定的效果领域内能够完全封杀魔法发动的魔法师杀手的魔法。

格伦最短的咏唱数都有三节之多，魔力容量也平凡，只是个三流魔法师，却又能成为宫廷魔导士团的王牌，这个魔法就是关键。在"愚者"面前，所有魔法师都会化为无力的婴儿。

从这个男人之前的反应来看，他似乎不是擅长勇猛作战的类型……不过，不能大意。

"不管你有什么样的秘术，都已经没用了。我已经让其无力化。像第一团'门'这种组织的基层成员，大概也掌握不到什么重要情报，不过，以防万一吧。莉耶尔，我要抓住这家伙了啊。"

格伦把"愚者"塔罗牌收进怀里，开始一点一点地缩短和那个男人间的距离。

这个时候，格伦对自己在这个战况下的优势确信无疑。

自己和莉耶尔的格斗战能力就算在帝国宫廷魔导士团中也是数一数二的，而且莉耶尔已经炼好了剑。对方完全没有武装之类的东西，也没有已经启动的魔导器的气息。

情况已经是有利得没边了，和莉耶尔一起战斗的话，在这种情况下肯定是能胜的。

所以——

"……咦？"

突然，一道冲击从背后袭击了自己的身体，下一瞬间，一股燃烧般的灼热感涌了上来……片刻间，格伦都没能理解这是怎么回事。

"咳……"

格伦咽下从喉咙深处溢出来的铁锈味。

"……莉……耶尔？"

只转回头，格伦带着震惊的表情瞥向背后的莉耶尔。

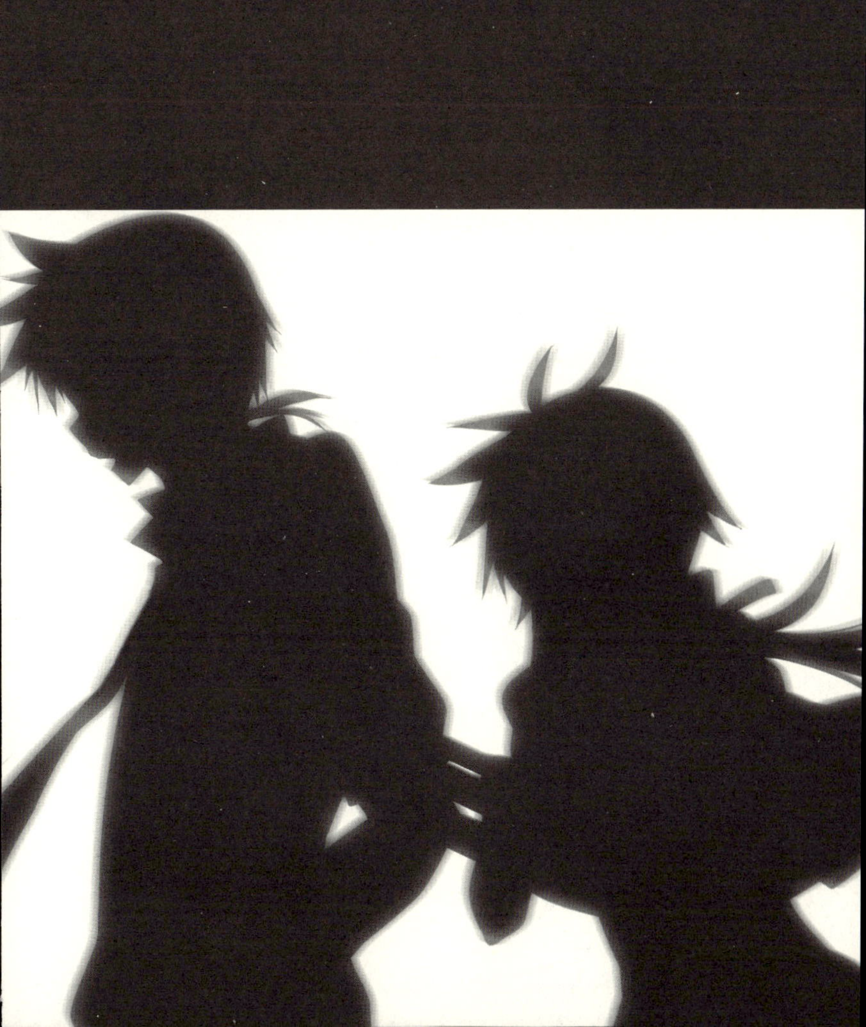

这是开的什么玩笑吗？出了差错？

"……"

莉耶尔睁着空虚无神的眼睛，双手拿着的大剑深深地刺进格伦背后。

"咳……什……么……为、为什……么……"

格伦一边吐着血，一边问出在这个情况下已经徒劳无用了的话。

"……你……你……难道……假的……吧……"

真不敢相信。

这种感情清清楚楚地从格伦脸上溢出来。

"……至今为止，承蒙关照了。"

莉耶尔转开了被溅起的血濡湿的表情空洞的脸，低声道谢。

"不过，我……是为了在那里的哥哥而活的。"

"……啊？哥哥？"

这个时候——

格伦就像是看到难以置信般的东西一样，瞪大眼睛凝视着莉耶尔。

"……莉……耶尔……你在……说什么……"

"……再见。"

随着决别的话，莉耶尔随意地挥动起大剑。

鲜血飞散开，格伦的身体以莉耶尔为中心回转。

"……呜！"

格伦的身体顺势从剑上滑落下来，划出一道抛物线飞开。

一道红色的血珠仿佛描绘出那道轨迹般地在空中飞散。

接着，一道巨大的水柱升起，格伦掉进了黑暗的海中。

格伦的身体在片刻间就被怒涛吞没，再也没有浮上来。

第五章 莉耶尔

"……"

莉耶尔睁着玻璃珠一样的眼睛,定定地盯着格伦沉没的海面。

她什么都没说。那双眼睛里没有映出任何感情。

只有寒冷的海风,不断刮过在莉耶尔空虚的内心。

"……莉耶尔。"

哥哥对一直呆站着的莉耶尔说着犒劳的话。

"为了我……谢谢你。你辛苦了,莉耶尔……"

"……没什么。我……只是……为了哥哥……"

莉耶尔用幽灵似的声音低声地自言自语。

"……所以……没什么……没什么……"

对,没什么。只是回到过去而已。

为了哥哥,为了保护哥哥而杀人,夺走生命。只是回到那样的过去而已。

原本,这就是自己的生存理由,生存方式。不可能会后悔。

所以,这种胸口仿佛被碾碎般的感觉,是假的。是错觉。

露米娅和希丝缇娜……现在,这种总觉得那两人在向着某个确凿的遥远地方离开的失落感,也是假的。是错觉。

所以,从双眼里没完没了地溢出来,滑过脸颊往下淌的泪水也……肯定是某种心理作用。

幕间I 泡沫之梦的终结时刻

"唉……"

这个时候,露米娅独自一人坐在沙发里叹着气。

这里是学院学生们住宿的旅馆本馆,露米娅、希丝缇娜、莉耶尔三人分到的房间。

逃去了某处的莉耶尔当然不在,现在连希丝缇娜也不见影。

希丝缇娜在刚才去了塞涅利亚岛的观光街买点小吃的回来当她们的晚饭,要不了多久就会回来了吧。

其实,露米娅也想像班上大部分同学们那样,和大家一起到观光街去吃东西,而实际上,同学们也邀请过她一起去,但一想到莉耶尔有可能会回来,露米娅就没法和人出去。

而只要露米娅不去,希丝缇娜也就自动不去了。

希丝缇娜是无论如何都没法放着露米娅不管,自顾自去享乐的,真是个大好人。

"……有点对不起希丝缇啊……"

希丝缇娜大概是一点都不会介意的,可就算如此,露米娅也过意不去。

"莉耶尔……"

露米娅想到今天态度突变的那个少女。

到底是在生什么气呢?还是说,至今为止的那些举止都是演技,那种拒绝他人的样子才是莉耶尔真正的模样?

她们和莉耶尔所在的世界原本就是大不相同。

说不定是露米娅无法明白的事。

"可是……"

自己和希丝缇娜,和莉耶尔,还有和班上的大家一起度过的快乐日子。

在那个美丽的夜之海里,莉耶尔说了不讨厌和她们做朋友。

那些日子,那句话,都不是假的——露米娅想这样相信。

肯定应该是有着某种理由的。应该有让她忍受不了这种生活,变得拒绝周围一切的理由在。

所以,肯定没有问题。见到莉耶尔,和她谈谈,改正做得不好的地方,然后相互道歉……这样就可以了。

那种吵闹又快乐的日子还会回来的——露米娅这样相信着。

"首先,要和莉耶尔见到面才行。"

不过,这点也不用担心。

去找莉耶尔的是格伦。

格伦的话,肯定能找到莉耶尔把她带回来的。

所以,首先要思考的是,和莉耶尔再会的时候该说什么才好。

"嗯……"

该说什么才好呢,真为难啊。

"又不知道莉耶尔生气的理由,突然就说'对不起'也很奇怪……"

那就不是道歉,而是仅仅遮掩和讨好。露米娅不想那样做。

这么一来,这事还真是出乎意料地困难,露米娅陷入了沉思。就在这时——

咕咚!

房间深处的阳台突然传来一声巨响,露米娅被吓得浑身一抖。

　　与此同时，她感觉到室内出现了人的气息。

　　"……咦？"

　　露米娅条件反射地转向发出声音的方向。

　　通往狭窄阳台的深处的门被人从外面踢破，其残骸和碎片飞散在室内。

　　而在半坏的合叶连着的摇摇晃晃的门旁边——

　　有个如同亡灵一般的少女。

　　"……咦？莉耶尔？"

　　明明那模样和身形肯定是莉耶尔，但不知为何，露米娅有一瞬间没能认出那个少女是莉耶尔。

　　"……"

　　莉耶尔的样子好像有些古怪。虽说从初次见面起她就是个人偶一样的少女，但现在的莉耶尔和那时完全不能比。明明手脚都是直的，却像四肢坏掉的提线木偶，让人毛骨悚然。

　　"……啊！"

　　接着，露米娅这才慢半拍地看清了被房间里油灯的光映出来的莉耶尔的样子，瞬间，她的思考就变成了一片空白。

　　是血。莉耶尔的脸上和手上，都染着鲜红的血。

　　那到底是谁的血——去找莉耶尔，去见莉耶尔的是谁——露米娅害怕得不想去想。

　　而莉耶尔用纤细的手臂举着的是……大剑。

　　那把滴着鲜血的十字架型大剑闪着不祥的光芒。

　　那把剑下的牺牲者到底是谁——露米娅光是想一想就全身颤抖。

　　"……莉耶尔。你，到底是……"

但是，不能就这样放弃思考地出神，露米娅压下所有的不祥预感，努力保持清醒地这么问。她的刚强也的确值得赞赏吧。

可是——

露米娅的刚强也是徒劳。

"……抱歉。"

莉耶尔完全没有回答露米娅的话，而是向着她举起大剑。

露米娅不明白原因。不过，现在要快逃才行。

在这种直觉下，露米娅动了一步。

但，和露米娅对峙的对手实在太强大。

随着嗖的一下切开风的声音，莉耶尔在一瞬间逼近到了露米娅的跟前。

两人间的距离在仅仅一步之下就消失了。那个残像过了半瞬才散开。

……露米娅根本没反应过来。不可能反应得过来。

"啊……"

回过神时，眼前就是莉耶尔大幅度挥舞大剑的身影。

——老、老师……

刹那间，闪电般的白刃落了下来……落了下来……

——救救我……

那道弯月似的剑光，强烈地灼烧在露米娅的视网膜上……

露米娅的视野，就这样转暗。

咔嚓。

剑压刮过，装饰在房间一角的壶倾斜……掉在地上摔碎了。

后记

大家好,我是羊太郎。

《不像样的魔法讲师和教典》第三集出版发行了。

我要向编辑及出版相关的各位,以及支持这部《不像样》的许多读者们表示无限的感谢。谢谢大家!

《不像样》也出到第三集了,故事在一点点地发展。

直到不久之前,我真是做梦都想不到,格伦·勒达斯这个不像样的青年谱写的荒唐故事竟然能变得这么重要。

接下来格伦又会带来什么样的故事呢,《不像样》会向什么方向发展呢,身为作者的我也非常期待。

写书也好看书也罢,我希望这都能是一件让人愉快的事。对我来说,《不像样》就是这样的故事,为了不忘这份初心,这次我想回顾一下直到撰写《不像样》前的经过。

说起来,这本《不像样》的主角格伦这个角色,其实,该说是和我很有缘分吧,又或者说相处时间很长,在我开始写小说的初期,他就是一篇习作里的"配角"。

不是用个人电脑,当然也完全不是盲打,而是以前用自动铅笔在纸上写好,再整理进活页纸夹里的小说。而且,也不会让人看大学笔记本,应该说,那个时候我就愉快地沉浸在没完没了地写那些不给人看的角色设定、魔法设定当中。

但,真是不可思议。随着时间的流逝,那小说和设定资料集的存在就在我的记忆里渐渐变得淡薄,最终葬送在了黑暗里,化成了无人知晓的禁忌黑历史之书。格伦这个角色的存在也就被我忘得一干二净了。

后来,我大学毕业,找到了工作,在每日的忙碌当中也做着出道的梦,在工作的间隙里继续写小说……让这样的我想到写《不像样》的契机,是和那一段失去的黑历史的邂逅……

"呜哇!"

那个时候,我下班回到家,发现自己的桌子上放着某样东西,不禁发出古怪的叫声。

应该被完全遗忘的那些黑色禁忌之书,竟然堆积如山。

"呀啊——这是什么!"

"啊,羊。我记得你是想当职业作家的吧?"

看到流着急汗全身颤抖的我,母亲得意地说着。

"既然这样的话,那你过去写的小说或许会有点用吧?我就从仓库里找出来了。"

这、这种多余的事——

"那个……难道……你看到……内容?"

"啊哈哈,别担心,我没看我没看……呵呵呵(忍笑)。"

呀——你绝对看了吧,母亲大人!

但是,这毕竟是母亲的好意,我想气也气不起来,而且,本来也没有生气的道理。

而且,算了,的确,旧作说不定能带来什么灵感。

于是,我就浏览了某本黑之书——过去的小说和设定集。

但——

"这,真,是,好,可,怕(吐血)。"

常常听到这类事，而我也不例外。

首先，在写满了魔法设定的大学笔记本的封面上用自动铅笔写着"魔导书"，光是这个，SAN值就瞬间降低。真行啊，过去的我。**（注：SAN值是某桌游中衍生出来的一个概念，后用来泛指精神力、意志力等，受到刺激的时候就会下降。）**

"可恶……真、真受打击……（翻一页）"

——神业：第一级神性语言魔法的总称。只有达到神位才能使用。以特定对象为对手的术很多，比如说，对"蝇之王"别西卜有效的"鲁拉，贝尔赞，巴斯尔塔"，或是能对堕天使路西法造成很大伤害的"列迪尔，路西法"等咒文……

"杀了我吧！（合上）"

我不禁把笔记本扔到地上。

呃……看了不能看的东西……

最近，我还一边看那种暴露黑历史的帖子，一边认真想："噗，这个好夸张。我可不会这样。"现在真想殴打自己一百万次。

嗯？等一下……

这么说来，我真正开始写小说和大学入学几乎是同一时期，所以……也就是说，写这些"黑之书"的时候，我的年龄……哇啊——这个可不是厨二病的时候啊！

在这种地方也要确认一下SAN值，果然，又掉了。

说不定真的能和《死灵秘法》并列啊，这一本……

总之，就是这样，随着SAN值一点一点被削减，我看着过去的设定资料集和小说……总之，真的很可怕。厨二设定姑且不提，故事线也是一塌糊涂，角色不鲜明，伏笔很随便，不符合气氛的搞笑不断冒出来，机会主义和神展开的全员登场（这一点现在可能也没怎么变），真的是让人很难忍耐着看下去。

"呃……过去的我,居然是这么糟糕的吗……"

就算叹着气,我也觉得对过去的自己有点羡慕。

毕竟,这些作品虽然在价值上是最低等级的,想象却是很自由的。那里面的东西,都是我在习惯了笨拙地写小说,技术有了半吊子提升的现在绝对想不到的设定。**但就算这样,也绝对不允许在剑和魔法的优雅幻想世界里出现游戏中心和格斗游戏机**。真是的,当时的我到底在想什么啊。

总之,能够从字里行间看出来,当时的我,先不说小说的技巧,自身是很享受写小说的乐趣的。

"很快乐啊,写小说……吗?"

那个时候的我,也不知道是哪里出现了什么扭曲,写的故事全都是超严肃的郁闷发展。搞笑之类的则是完全没想到的风格。老实说,故事很郁闷,有时在写的时候也会感受到痛苦。

"而且,说什么厨二病厨二病的,自己现在在做的事不也是在厨二病的延长线上嘛……"

随着写小说技巧的提升,说不定也无意识地嘲笑这样的设定和发展,然后做出规避。那个时候写的小说全是沉重的致郁系故事,写的时候甚至会感受到痛苦,说不定就是因为那个原因。**但就算这样,也绝对不允许在剑和魔法的优雅幻想世界里出现引擎式的链锯,而且还出现了在严肃剧情里使用它的武打场面这种神展开**。真是的,这个世界到底是怎么了?

"不过,也是啊,像这样脑袋空空却高高兴兴地写出来的故事,可能也不错啊。"

我苦笑着重新看了起来。突然,某个配角吸引了我的目光。

那个角色明明平常很马虎没干劲不像样,可一旦到关键时候就很能干……那个角色,名字就叫格伦·勒达斯。

这位格伦先生是二刀流的剑士，在主角和其他角色们使用当场想出来的必杀技、最强魔法、超能力时，他是唯一一个，不会必杀技不会魔法不会超能力，只用两把剑打无趣的格斗战，尽管可靠，但离最强很远……就是这样的角色。周围的人和敌人都不断放出强力的技能、魔法、超能力，显得这位格伦先生很低调，和敌人战斗后总是伤痕累累摇摇晃晃。为什么只有这个角色这么不走运地被这样对待，现在我已经想不起来了……

"这家伙是怎么回事？比起复制品一样的主角，这家伙的角色设定更能立得起来嘛。"

长处只有温柔和烂好人的主角也写腻了。最重要的是，把这家伙当主角的话，会写得很快乐——我有这种预感。

因此，我就把这位格伦·勒达斯提拔为下部作品的主角了。

之后就如同在某处言及的那样，如果让这个荒唐男当老师的话，似乎会发生不得了的事，而说到幻想系的老师，果然还是魔法学园吧，就这样，《不像样》的故事渐渐成形了。

一写下去就不停地动起来，让我感到非常快乐。好久没有写得这么爽快的作品了。

就这样，这个故事成为我的出道作，对我来说，不仅是不朽的作品，也是让我再次确认写小说很有趣的作品。

对我来说，写小说首先就是比什么都快乐的事。

然后，在自己享受的同时，我也会努力地让作品变得有趣。

不被小聪明的技术或是流行所迷惑，时常不忘这些，今后我也想快乐地写小说。

陪伴着这样的我所写下的作品的各位，今后也请多多关照。

羊太郎

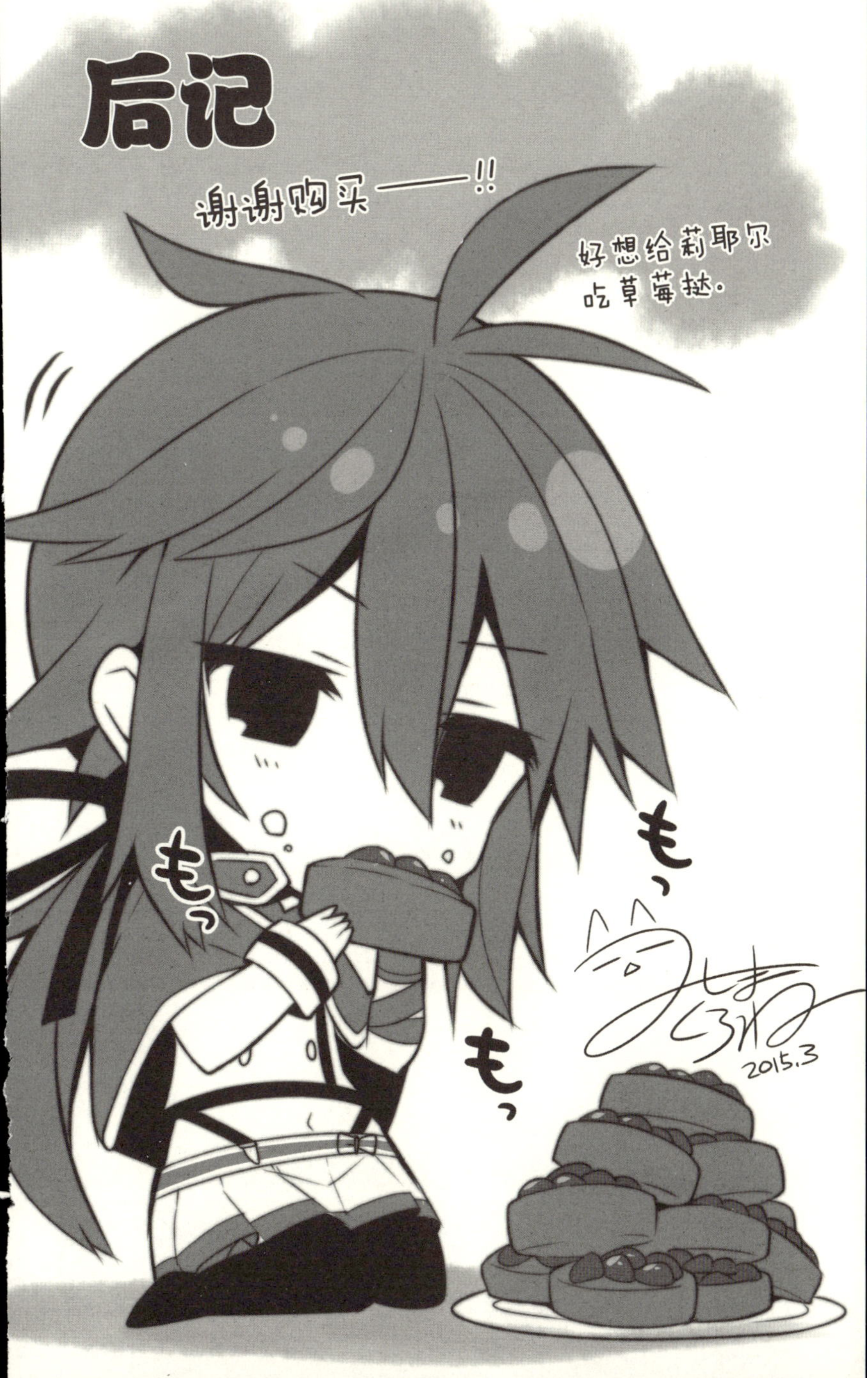
后记
谢谢购买——!!
好想给莉耶尔
吃草莓挞。
もっ
もっ
もっ
2015.3

图书在版编目（CIP）数据

不像样的魔法讲师与教典. 3 / (日) 羊太郎著；
(日) 三岛黑音绘；清和月译. -- 杭州：浙江人民美术
出版社, 2017.6
ISBN 978-7-5340-5932-2

Ⅰ.①不… Ⅱ.①羊…②三…③清… Ⅲ.①长篇小说-日本-现代 Ⅳ.①I313.45

中国版本图书馆CIP数据核字(2017)第136887号

作 者：	[日] 羊太郎
翻 译：	清和月
责任编辑：	褚潮歌
特约编辑：	丘俊龙
责任校对：	张金辉
责任印制：	陈柏荣

原著名：《ロクでなし魔術講師と禁忌教典3》，著者：羊太郎，绘者：三嶋くろね，日版设计：草野剛

AKASHIC RECORDS OF BASTARD MAGIC INSTRUCTOR Vol.3
©Taro Hitsuji, Kurone Mishima 2015
First published in Japan in 2015 by KADOKAWA CORPORATION, Tokyo.
Simplified Chinese translation rights arranged with KADOKAWA CORPORATION.
Translation copyright ©2017 by Guangzhou Tianwen Kadokawa Animation & Comics Co., Ltd.

本书中文简体字翻译版由广州天闻角川动漫有限公司策划并由浙江人民美术出版社出版。未经出版者预先书面许可，不得以任何方式复制或抄袭本书的任何部分。
浙江省版权局著作权合同登记号：11-2017-13

本书为引进版图书，为最大限度保留原作特色、尊重原作者写作习惯，故本书酌情保留了部分外来词汇。特此说明。

不像样的魔法讲师与教典3

出版发行：	浙江人民美术出版社
地 址：	杭州市体育场路347号
网 址：	http://mss.zjcb.com
经 销：	全国各地新华书店
制 版：	上海利丰雅高印刷有限公司
印 刷：	上海利丰雅高印刷有限公司
版 次：	2017年6月第1版·第1次印刷
开 本：	787mm×1092mm 1/32
印 张：	7
书 号：	ISBN 978-7-5340-5932-2
定 价：	27.00元

版权所有 侵权必究

本书如有印装质量问题，请与广州天闻角川动漫有限公司联系调换。
联系地址：中国广州市黄埔大道中309号 羊城创意产业园3-07C
电话：（020）38031051 传真：（020）38057562
官方网址：http://www.gztwkadokawa.com/
广州天闻角川动漫有限公司常年法律顾问：北京市盈科（广州）律师事务所